小学館文庫

初手柄　かぎ縄おりん

金子成人

小学館

目次

第一話　初手柄　7
第二話　幽霊坂の女　80
第三話　化けの皮　149
第四話　幼馴染み　219

初手柄

かぎ縄おりん

第一話　初手柄

一

江戸随一の商業地である日本橋と、昼夜を問わず人を集める繁華な両国《りようごく》が近い堀留《ほりどめ》は、船荷の積み下ろしをする掛け声、荷車を曳《ひ》く人足たちの怒鳴り声や車軸の音が朝の暗いうちから響き渡るのが常である。

その喧騒《けんそう》も、昼下がりともなると長閑《のどか》な佇《たたず》まいを見せるのだが、この何日かの堀留一帯は少々違った。

堀留二丁目にある自身番を出た目明かしのおりんは、堀江《ほりえ》町入堀《ちようにゆうぼり》の北端で足を止めて両岸に眼《め》を遣《や》った。

昼餉《ひるげ》を済ませるとすぐ、受け持ちの区域を見廻《みまわ》りがてら、月行事《がちぎようじ》たちが詰めている町々の自身番に顔を出し、異変の有無などを聞き回ったあと、最後に堀留二丁目の自身番に立ち寄っていたのだ。

堀江町入堀の畔《ほとり》に通じる道々に、さまざまな物売りの声が交錯している。兜《かぶと》や人形を並べた筵《むしろ》を道端に敷いて、道行く人に声を掛ける者もいれば、戦や魔除《まよ》けの神様といわれる鍾馗《しょうき》を染め抜いた幟《のぼり》を広げて、売り声を張り上げる者もいる。そんな通りを、鯉幟《こいのぼり》売りや菖蒲《しょうぶ》売りが声を嗄《か》らしてすれ違う。

強い香りを放つ菖蒲は穢《けが》れや邪気を祓《はら》うと信じられており、内湯のある家では湯船に浮かべる習わしがあった。

明日の五月五日までに、端午《たんご》の節句に用いる縁起物をなんとしても売り切ってしまおうという、物売りたちの必死さが町を賑《にぎ》やかにしている。

「おっ、十手《じって》姿もだいぶ板に付いて来ましたねぇ」

そんな声を掛けておりんの脇《わき》を通り過ぎたのは、一丁目にある醤油屋《しょうゆや》の車曳きである。

「どこの若い衆かと思ったら、おりんちゃんじゃねぇか」

近づいてきた猪牙船《きよきぶね》からは、船頭の市松《いちまつ》の声が飛んで来た。

「なによ、あたしに娘らしい装《な》りをしろとでもいうの」

おりんは、不満げに口を尖《とが》らせた。

「そうじゃねぇよ。目明かしになった途端、下っ引きだった時分よりも風貌《ふうぼう》が一段と鯔背《いなせ》になったようだ」

「ほんとうかい」

おりんの顔が途端に綻《ほころ》んだ。

「おう。大体、娘っ子らしい装りをしろと言って、いうことを聞くようなおめぇじゃあるめぇ」

鼻で笑った市松は、岸辺の杭《くい》に船を舫《もや》い始めた。

兄の長吉《ちようきち》と幼馴染《おさななじ》みの市松は、おりんに対して遠慮というものがなかった。だが、そんなことはとっくに慣れっこになっている。

父の嘉平治《かへいじ》の下、およそひと月の下っ引き修業をした後、晴れて目明かしになったのはつい二日前のことである。

「動き回らなきゃならねぇ目明かしって務めには、今のその装りが一番だよ」

船を繋《つな》ぎ止めた市松はそう言って、小さく何度か頷《うなず》いた。

おりんはつい、奴凧《やつこだこ》のように両手を伸ばしてみる。

青朽葉《あおくちば》色に紺色の七宝繋ぎの柄の着物は端折《はしよ》って帯に差し込んでいるが、鼠《ねずみ》色の細身の股引《ももひき》を穿《は》いているから、尻《しり》の辺りが丸見えになることはない。

唐輪髷《からわまげ》を結い綿でまとめているのと、控えめに注《さ》した紅のおかげで、今年十八になるおりんはこれまで男と間違われたことは、幸いにしてなかった。

しかも雪駄《せった》を履いているから、何か事が起きて、咄嗟《とっさ》に動き回らなければならなくなっても、なんの障りもない。

「えぇ、どちら様も菖蒲はいかがで」

船上の市松に声を掛けた初老の菖蒲売りが、おりんに眼を向けた途端、言葉を飲み込んだ。

「おや、女のあたしに菖蒲は売らないのかい」

笑みを浮かべたおりんが軽く嫌味を口にした。

「そういうつもりじゃありませんで」

菖蒲売りが慌てて片手を打ち振ると、

「どっちにしろ、おりんちゃんに菖蒲は不要だろう。堀留の女目明かしに邪気が近寄る気遣いなんぞねぇからさ」

市松は笑み混じりでそう言い放った。

「ありがとよっ」

怒気を含んだ声を市松に浴びせると同時に、おりんは東の方に足を向けた。

するとすぐ、

「菖蒲ぅ、菖蒲は如何《いかが》ぁ」

おりんの背中に、遠のいていく菖蒲売りの声が聞こえた。

市松と立ち話をしていたところから、ほんの一町（約百九メートル）ばかり東に進んだ角地に立つ二階家の軒先に『駕籠清《かごせい》』の看板がある。

駕籠屋を家業とするおりんの家である。

「ただいま」

建物の手前で声を掛けたおりんは、扉のない木戸門から庭に入り込んだ。

庭は、一辺が四間《けん》（約七・二メートル）ほどの矩形《くけい》になっていて、木戸門の左側に藤棚《ふじだな》があり、奥の井戸の傍《そば》には桐《きり》の木が聳《そび》えている。

「えっ、ほい、えっ、ほい」

駕籠舁《か》き人足の伊助《いすけ》が空《から》駕籠の前棒《さきぼう》を担ぎ、後棒の完太《かんた》と声を合わせて、庭を歩き回っていた。

「完太も大分、調子を合わせられるようになったと思わないかい」

駕籠を停《と》めた伊助から笑みを向けられたおりんは、

「うん」

と、正直に頷いた。

先月の末頃《ごろ》から駕籠舁きの修練を始めた完太は、『駕籠清』の裏手にある『信兵衛《しんべえ》店《だな》』の住人で、おりんの幼馴染みである。

先月の中頃、完太が下馬売りの仕事に出掛けた留守に、かねてから病弱だった母親のお松《まつ》が高熱を出すという騒ぎがあった。

その翌日から完太は仕事を休んで世話を焼き、薬効の甲斐《かい》もあって、お松の容体は持ち直した。だが、完太は下馬売りの仕事を失ってしまったのである。

仕事探しについては、おりんが知り合いに口を利くと言ったのだが、当の完太は『駕籠清』の駕籠舁き人足を望んだ。

母親に何かあった時のため、すぐに駆け付けられるところで仕事をしたいというのが、完太の切なる思いだった。

『駕籠清』の主《あるじ》である嘉平治も人足頭の寅午《とらうま》もその思いを汲《く》んで、完太の雇い入れを承知したのだった。

「おぉい、伊助と完太、帳場に来てくれ」

建物の中から、寅午の声がした。

「へぇい」

返事をした伊助と完太が帳場のある土間へと向かったのを見て、おりんは二人に続いた。

「なにかご用で」

伊助は、土間に足を踏み入れるとすぐ、上がり框《かまち》に腰掛けていた寅午にお伺いを立てる。

「親方もすぐ見えるから、待ちな」

寅午が伊助にそういうと、

「嘉平治さん」

帳場に座っていた番頭のお粂《くめ》が住まいのある奥の方に向かって声を張り上げた。

お粂は未《いま》だに娘婿であるおりんの父を〈さん付け〉で呼んでいる。

ほどなく、

「話し声は聞こえてましたよ」

帳場と囲炉裏端を仕切っている衝立《ついたて》の向こうから、嘉平治が現れた。

「見廻りはすんだのか」

嘉平治は帳場の前に座るなり、おりんに眼を向けた。

「たった今、戻ってきたところ」

そう返答したおりんは、腰掛けている寅午の脇から土間を上がり、帳場の近くで膝《ひざ》を揃《そろ》えた。

「いやね、完太も大分慣れたようだから、そろそろ人を乗せて担がせちゃどうだろうって頭も言うし、嘉平治さんとも話し合って、今日あたり〈初駕籠〉をやらせようじゃないかということになったんだよ」

お条は、笑みを浮かべた顔を完太に向けた。

「あのぉ、〈初駕籠〉といいますと」

完太は、お条をはじめ、嘉平治や寅午を見遣った。

「うちに来て駕籠を担ぐっていう者には、駕籠舁きの要領を覚えてもらうんだが、人を乗せられるかどうかを確かめないことには、お得意様をお乗せするわけにはいかないんだ。それを見定めるために人を乗せて担ぎ初めをするのを、『駕籠清』では昔っから〈初駕籠〉って、そう呼んでるんだよ」

「あぁ」

嘉平治の話を聞いて完太は、感心した声を腹の底から出した。

「駕籠舁きとしてはめでたい〈初駕籠〉だから、お前さんが望む人を担いでいいことになってるんだよ。そんな人がいるなら、遠慮なく言ってごらん」

お条がそういうと、

「誰《だれ》でもいいんで？」

完太は恐る恐る声を低めた。

「あぁ、いいよ」

お条は大きく頷いた。

「おれが『駕籠清』の世話になると言ったら、おっ母《か》さんが大層喜んでたんで、出来れば、おっ母さんを」

「完太、それはよせ」

間髪をいれず、寅午が口を挟んだ。

するとおりんが、

「でも、誰でもいいって」

軽く口を尖《とが》らせた。

「おりんさんは駕籠に乗ったことがないからそう言いなさるが、完太のおっ母さんは乗せない方がいい」

「あたし、小さい時分、乗せてもらったよ」

「どうせ、そこの庭を一回りしただけでしょうが」

寅午に問われて、おりんは黙って頷いた。

「いいか完太。乗りつけない者が駕籠に乗ると、上下左右に揺られて大変なことになるぜ。もともと体が弱い上に、先月具合を悪くしたばかりのおっ母さんなんか乗せたら、恐ろしいことになるのが落ちだ」

寅午が丁寧に話をし終えると、

「頭のいう通りだよ」

嘉平治はそういい、伊助も大きく相槌《あいづち》を打った。

完太はあんぐりと口を開けたまま、呆然《ぼうぜん》と突っ立っている。

「あたしが乗ってやろうか」

「おりんさんじゃ軽すぎます」

寅午が即座にそういうと、

「わたしなんぞは、おりんよりももっと軽いから、残念ながら駄目だね」

お条は、わざとらしくため息をついた。

「親方はどうです」

「左足の古傷のせいで、膝を曲げるのがちときつい」

嘉平治は渋い顔をして、伊助に返答をした。

古傷というのは、二年半ほど前の神田《かんだ》明神《みようじん》の祭礼の夜、何者かに刺された左脚の痕《あと》のことである。

今では歩くのに障りはないが、少し足を引きずっているから、嘉平治がいうように、狭い駕籠に乗り込むのはいささか難儀ではある。

「おれが乗ってやってもいいが、円蔵《えんぞう》が戻って来たらすぐ、瀬戸物町《せともの ちよう》の伊勢屋《いせや》にお迎えに行くことになってるからなぁ」

寅午は困り果てて首を捻《ひね》った。

その時、

「いいのが現れた」

そういうと、お粂は庭を指差した。

尻っ端折りをした下っ引きの喜八《きはち》が、手拭《てぬぐ》いで額の汗を拭《ふ》きながら井戸に向かう姿があった。

「喜八さん」

お粂が呼びかけると、

「こりゃ、皆さんお揃いで」

喜八が庭から顔だけを突き入れ、

「いやぁ、この暑さに、ちょいと井戸水を使わせてもらおうと思いましてね」

と、笑みを浮かべた。

喜八は、嘉平治のもとで下っ引きを務めていた一人だが、おりんが父の跡を継いだ後も、その務めを続けてくれているのだ。

「お前さん、急ぎの用がなければ、ちと頼まれておくれでないかねぇ」

お粂はまるで、秘め事を打ち明ける生娘《きむすめ》のように身を捩《よじ》らせて、問いかけた。

「へい、なんなりと」

喜八は、少し改まった。

「完太の〈初駕籠〉の乗り手になって貰《もら》えないかと思ってねぇ」

「え。わたし、駕籠に乗せていただけるんですか」

喜八は相好《そうごう》を崩した。

父親の三五郎《さんごろう》は、以前『駕籠清』の駕籠舁き人足だったが、駕籠に乗せてもらったことはなかったと、喜八から聞いた覚えがある。

「お前さんの体つきは、重からず軽からずだから、完太の〈初駕籠〉にはうってつけなんだよ」

そういうと、お条は拝むように両手を合わせた。

「へい。頼まれて駕籠に乗るなんてことは滅多にありませんから、お引き受けいたしましょう」

喜八は、胸を張って大きく頷いた。


桐の木に立て掛けた梯子《はしご》に昇り、おりんは枝に巻き付いた鉤縄《かぎなわ》を外すと、素早く梯子を下りた。

帳場には嘉平治やお条の姿はなく、庭にも駕籠舁き人足や空き駕籠もなく、『駕籠清』は静まり返っている。

喜八を乗せた完太の〈初駕籠〉が出て行くとすぐ、人足頭の寅午は、用事を済ませて戻って来た円蔵と組んで駕籠を担ぎ、仕事に出掛けて行った。

鉤の付いた細縄を巻き取っていると、鐘の音が届き始めた。

八つ（二時頃）を知らせる時の鐘だから、〈初駕籠〉が出掛けてから四半刻《しはんとき》（約三十分）ほどが経《た》った時分である。

「妙に静かじゃないか」

通りから庭に入り込んできた人影が声を発した。

「どうしたんだよ、兄ちゃん」

おりんは、眼を丸くした。

日本橋の薬種問屋『宝珠堂《ほうじゅどう》』の手代《てだい》として住込み奉公をしている兄の長吉は、生家が近いとはいえ、藪入《やぶい》りの時以外、滅多に姿を見せることはないのだ。

「今、万橋《よろずはし》のとこで伊助さんと駕籠を担いでる完太を見たが、どういうことなんだ」

「あぁ」

頷いたおりんが、完太が『駕籠清』の駕籠舁き人足になるのを望んだ顛末《てんまつ》を大まかに話し終えた時、

「えっ、ほい、えっ、ほい」

掛け声が近づいて来て、駕籠を担いだ伊助と完太が表通りから庭へと入り込んだ。

「こりゃ、長吉さん」

前棒に付いていた伊助が声を上げて、駕籠を下ろした。

「完ちゃん、人足になった事情は、今、おりんから聞いたとこだよ」

長吉が笑みを向けると、完太はねじり鉢巻を取って軽く会釈をした。

「喜八さんが乗ってないじゃないか」

空駕籠を見たおりんは、頭のてっぺんから声を出した。

「いや、そろそろ着くころだがね。ほら」

伊助が木戸門を指さした。

曲げた腰を右手で押さえた喜八が、もう一方の手を木戸の柱につくと、よろよろと庭に入って来た。

「駕籠がこんなに揺れるたぁ、どうして先に言ってくれなかったんだ」

やっとのことでそういうと、喜八は藤棚の下の縁台に倒れ込む。

「おれら人足は担ぐのが仕事だから、乗ったことがねぇんですよ」

憐《あわ》れむような物言いをして、伊助は倒れ込んだ喜八を見下ろした。

「おれがまだ慣れないもんで、喜八さん、すいません」

完太は気落ちしたような声で詫《わ》びを入れた。

「なぁに、あと二、三人も乗せたら、うまく担げるさ」

伊助はけろりと完太を庇《かば》った。

「どうして、二、三人あとにしてくれなかったんだい」

縁台に倒れ込んだまま、喜八は声を掠《かす》れさせた。

「それじゃ、また頼みますよ喜八さん」

「いやだ。駕籠には、二度と乗らねぇっ」

喜八は、伊助の頼みを即座に撥《は》ねのけた。

「お父《と》っつぁんは、いるのかい」

帳場の方を覗《のぞ》き込んだ長吉が、おりんに小声で問いかけた。

「出掛けてはいないから、多分、奥の方だと思うけど。なにか用事なの」

そう尋ねると、

「ちょっと、話があったもんだから」

小さな笑みを浮かべた長吉から、そんな言葉が返ってきた。

二

住まい側の囲炉裏は、建物の東側にある出入り口から、三和土《たたき》を上がった板張りにある。

『駕籠清』の帳場と囲炉裏端は、冬場なら板戸が立てられるようになっているが、大方は木の衝立が仕切り代わりになっている。

庭の井戸から土瓶に水を汲んできたおりんは、囲炉裏を囲んでいる嘉平治、長吉、お粂の前に水を注《つ》いだ湯呑《ゆのみ》を置いて、隣りに膝を揃えた。

「長吉の話っていうのは、もしかすると、『宝珠堂』をお暇《いとま》して、この『駕籠清』の帳場に座りたいということじゃないのかい」

お粂は、期待に顔を輝かせて右隣りの長吉に眼を遣った。

「わたしはそのつもりはありませんが、祖母《ばあ》ちゃんが今言ったようなことを、太郎兵衛《たろべえ》叔父さんに勧められたもんだから」

落ち着いた様子でそういうと、長吉は、太郎兵衛から持ち掛けられた件に関して話をしようと立ち寄ったのだと口にした。

外廻りの仕事に出たついでに生家に立ち寄ることは、『宝珠堂』の番頭から了解を得ているとも語った。

「しかし、太郎兵衛さんが何だってそんなことをおめぇに」

左隣りの長吉を見た嘉平治は、すぐに向かいのお粂にも眼を向けた。

太郎兵衛というのはお粂の長男で、おりんの亡き母、おまさの弟である。

「わたしはなにも知りませんよ」

お粂は、嘉平治を睨《にら》みつける。

「昨日の夕刻、太郎兵衛叔父さんが『宝珠堂』を訪ねて来て、ちょっといいかいって、呼び出されたんだよ。店の片づけに掛かっていた時分で忙しくはなかったから、番頭さんの許しを貰って、表に出たんだよ」

表に出た長吉に対して太郎兵衛は、

「おりんが嘉平治さんの跡を継いで目明かしになっちまうから、『駕籠清』の思案の種は、後継ぎのことなんだよ」

と、重々しい声を発したという。

そしてさらに、

「おれにそのお鉢が回るのは御免蒙《こうむ》りたいから、お前が『宝珠堂』を辞めて『駕籠清』を継ぐのが最良なんだよ」

そう口にした太郎兵衛に両手を合わせて拝まれたと、長吉は打ち明けた。

「太郎兵衛の奴《やつ》、本気でお鉢が回るとでも思っていたのかね」

お粂は、眉間《みけん》に皺《しわ》を寄せて吐き捨てた。

「叔父さんの顔は真剣そのものだったけどね」

そういうと、長吉は小首を傾《かし》げた。

「ほら、おりん。お前さんが婿取りをして『駕籠清』を継ぐと決めさえすれば、長吉を煩《わずら》わせることはないんだよ」

お粂は、ここぞとばかりに矛先をおりんに向けると、さらに、

「今からでも遅くはないから、嘉平治さんに十手を返上おしよ」

とまで口にした。

「お祖母ちゃん、おれのことは気にしないでいいんだよ」

長吉のとりなしに、お条はまるで子供のように不満を露《あら》わに口を尖《とが》らせた。

「そりゃ、太郎兵衛さんが『駕籠清』の行く末を気にしてくれるのはありがたいが、流行《はや》り病にさえ罹《かか》らなけりゃ、おれはまだ五年十年は生き延びて見せるし、おっ義母《か》さんにしたって、口も体も頑丈だから、そう心配することはねぇよ」

嘉平治は長吉に向かって静かに語り掛けた。

「なにが頑丈なもんかね。こき使われて、あちこちガタが来てるよぉ」

拗《す》ねたような物言いをすると、お条は湯呑の水を口に運んだ。

「だけど、なんだって太郎兵衛叔父さんは気を回したんだろう」

おりんが、先刻から気になっていたことを口にしたのだが、誰からも返事はなかった。

「胸のつかえが下りたから、おれはお店に戻るよ」

「そうかい」

お条は、立ち上がった長吉に続いて腰を上げた。

冷や酒を注ぎ入れた片口と四つの湯呑を載せたお盆を持ったおりんは、台所を出ると囲炉裏に向かう。

天井から吊《つ》るされた四方の明かりの下の囲炉裏端に、嘉平治とお粂、それに太郎兵衛の姿があった。

「叔父さん、ほんとに肴《さかな》はいらないの」

片口を置き、三人に湯呑を手渡しながらおりんが尋ねると、

「ここに来る前に、ちょっと、人に呼ばれていたからさ」

そういうと、太郎兵衛は片口の酒を湯呑に注いだ。

太郎兵衛を呼び出すと言い出したのは、お粂だった。

「太郎兵衛に使いを」

長吉が『宝珠堂』に帰って行くとすぐ、そう口にしたのだ。

夕刻、市松の船頭仲間が本所《ほんじょ》に帰るというのを聞きつけたおりんが、本所藤代町《ふじしろちょう》に住まう太郎兵衛への言付けを頼んだのである。

『駕籠清』の表の戸は閉め切られているが、庭に面した障子は開け放たれている。

料理屋や芝居茶屋などの送り迎えに出ている三丁の駕籠が帰って来るまでは、庭側の戸は閉めず、帳場にも小さな網行灯《あみあんどん》を点《つ》けて待つのがいつものことだった。

帳場の鉤形の土間には、務めを終えた駕籠が七丁、肩を寄せ合うようにして詰め込

まれているから、この後帰って来る駕籠は庭に置かれることとなる。

夕餉の前に湯屋に行ったおりんは、目明かしの装りから、白地に紺の碁盤格子柄の浴衣《ゆかた》に着替えていた。

軽く袂《たもと》を押さえて湯呑を口に運びかけた時、鐘の音が届いた。

五つ（八時頃）の時の鐘と同時に、どこかで焚《た》かれている蚊遣《かや》りの煙も忍び込んできた。

「さっきの話の続きだけどね、太郎兵衛」

お条が口を開くと、

「いや、おれとしてはね、『駕籠清』の跡を継げと言われても困るから、万一の時はお前に頼むぞというつもりで長吉に覚悟を促しただけなんだよ。ほら、転ばぬ先の杖《つえ》と思ってさぁ」

太郎兵衛はそういうと、湯呑の酒を悠然と口に運んだ。

「わたしは、お前を当てにはしてないがね」

「えへへ、そんなこと言って、おれの絵が物にならなかったり芝居の作者になれないと踏んだら、『駕籠清』の帳場に座らせようという気はあるだろう」

「ないね」

お条は、即座にさらりと口にした。

「なんだ。心配して損した」

「損とはなんだ」

お粂は目を吊り上げた。

「いや、おっ母さん、それは丁度よかったと言いたかっただけだよ」

「太郎兵衛さん、丁度いいと言いますと」

嘉平治が静かに口を挟んだ。

すると、太郎兵衛は俄《にわか》に畏《かしこ》まり、

「実は、おれもとうとう、この年になってどうにか絵師として世に出られそうな運びになっておりましてね」

と、笑みを零《こぼ》す。

突然のことに、嘉平治もお粂も声を失ったようだが、

「それはどういうことなの」

好奇心を露わにして、おりんは身を乗り出した。

「去年の晩秋だったが、神田皆川町《みながわちょう》の地本問屋《じほんどんや》『亀甚《かめじん》』で、わが師、堂上蒼月《どうがみそうげつ》先生の絵を大量に並べてくれたことがあったんだ」

地本問屋が浮世絵や絵草紙を作ったり、絵師から買い上げたりする商売だということくらい、おりんは知っている。

昨秋、『亀甚』で開かれた堂上蒼月の書画会には、一門の弟子の作品もついでに披露されることとなり、太郎兵衛こと並木宗園《なみきそうえん》の風景画も二点、貼《は》り出されたという。

太郎兵衛が、本所藤代町でひとつ屋根の下で暮らしている、十五も年下の千波《ちなみ》という情婦は、花村嘉良《はなむらかりょう》という雅号を持つ、堂上蒼月一門でただ一人の女絵師である。

「十日前だよ。『亀甚』に呼ばれて行ったんだ。そしたら店に並べてあったおれの絵を気に入ったという客が、会いたいと言ってるがどうしますかと手代が聞くから、会うと伝えてくれと返事をしたわけだ」

すると二日後、その人物と料理屋で対面する段取りが整い、翌日、太郎兵衛は上野《うえの》広小路《ひろこうじ》に赴いた。

相手は、本郷《ほんごう》の菊坂《きくざか》田町《たまち》で『萩屋《はぎや》』の看板を掲げて小さな版元を営む、吉三郎《きちさぶろう》という三十代半ばの品のある顔立ちの男だった。

「あなた様の絵が埋もれているのはなんとも惜しいことです。もし、描《か》きためている絵がおありなら、並木宗園の書画会をなさいませんか」

『萩屋』の吉三郎は、太郎兵衛の雅号を口にしてそう持ち掛けたという。

書画会というものは四季を通じて方々で開かれている。

絵師や文人墨客が書画を揮毫《きごう》して、参会者に売る場になったし、作者の名を広める場にもなった。

そういう書画会には扇屋や団扇屋《うちわや》が見に来て、地紙の柄にと、気に入った作品を買い上げることもあると聞いている。

市中の地本問屋の店先を借りるわけにはいかないので、名のある寺の庫裏《くり》とか料理屋の座敷が書画会にはふさわしいと吉三郎はいい、さらに、

「わたしなら、知り合いの料理屋の座敷を格安の値で一日借りられますが」

と、太郎兵衛に持ちかけた。

「おれは、その申し出を受けたよ」

相好を崩した太郎兵衛は、囲炉裏を囲んだ嘉平治、お粂、おりんを悠然と見回すと、

「絵を眺めるだけじゃ場が寂しいから、料理屋にふさわしく、おれが手ほどきしている三味線の弟子を三人ばかり呼んで、座敷の隅で清元なんぞ弾かせるつもりさ」

どうだと言わんばかりに背筋を伸ばすと、湯呑の酒を飲み干した。

「叔父さん、その書画会はいつなの」

「それが、急なんだが、明後日《あさって》なんだよ」

「ほんとに急だね」

お粂は気乗りのしない声を発した。

「それで、場所は」

嘉平治が尋ねると、

「紅葉で名高い下谷《したや》正燈寺《しょうとうじ》の隣りにある、竜泉寺町《りゅうせんじまち》の料理屋『色川《いろかわ》』さ。朝の五つから夕刻七つ（四時頃）まで催しますんで、ひとつよろしゅう」

「ほう、『色川』ですか」

「お父っつぁん、知ってるの」

「一度、室町《むろまち》の『緑風堂《りょくふうどう》』の旦那《だんな》に連れて行かれたことがある」

嘉平治は、『駕籠清』を贔屓《ひいき》にしてくれる茶問屋の名を口にした。

「しかし、下谷は遠すぎる」

またしてもお粂は毒づく。

「おっ母さんや義兄《にい》さんにおいで願うのは心苦しいので、無理にとは申しません。だが、おりんは、捕物がなければ、昼餉を食べがてら見に来ればいいじゃねぇか」

「御用がなければ、お紋《もん》ちゃんでも誘って行く」

おりんは行く気満々である。

書画会というものに行くのは初めてのことでもあるし、浅草《あさくさ》の方への遠出も楽しみでもある。

「それで、書画会の掛《かかり》は誰が出すんだい」

お粂が何気なく問いかけると、

「おれ」

太郎兵衛は淀《よど》みなく返事をすると、

「座敷代と料理代は、まともに払えば三十五両（約三百五十万円）にもなるんだが、『萩屋』の吉三郎さんの力で、十六両（約百六十万円）にしてくれたそうだ」

「十六、も」

そこまで声に出して、お条は絶句した。

「その金はもう、あちこちからかき集めて吉三郎さんに渡したから、あとはもう書画会を待つだけだよ、おっ母さん。おれの絵が評判を取れば、絵師としては無論のこと、あの並木宗園は芝居も書くそうだという噂《うわさ》も広まるんだよ。そうなると、市村座《いちむらざ》中村座《なかむらざ》に留《とど》まらず、木挽町《こびきちょう》の森田座《もりたざ》からも声が掛かること請け合いだと、世話人の吉三郎さんは言ってくれたから、十六両くらいすぐに取り戻して見せますよ」

大きなことを浮き浮きと並べたてる太郎兵衛のはしゃぎように、お条は無論のこと、嘉平治もおりんも、言うべき言葉を失っていた。

そんなことにはお構いなく、

「これは、書画会の場所なんかを刷った引き札だ。折があれば知り合いにでも配ってもらいたいね」

太郎兵衛は、懐から取り出した刷り物の束を囲炉裏端の板張りに置いた。

朝日を浴びた浅草今戸《いまど》の日本堤《にほんづつみ》を、おりんとお紋が吉原遊郭《よしわら》の方へ向かっている。日の出から既に二刻（約四時間）以上が経っており、浴衣の背中をじりじりと日が射《さ》す。

『駕籠清』に現れた太郎兵衛から、書画会の引き札を渡されて二日後の五月六日である。

おりんは、同じ町内の幼馴染みのお紋を誘って、太郎兵衛の書画会に臨んだ。目明かしの御用を務める時とは違い、この日のおりんは、紺地に白抜きの高麗屋《こうらいや》格子の浴衣に草履履きで、煙草屋《たばこや》の娘のお紋は、一斤染《いっこんぞ》めに芝翫茶《しかんちゃ》の井桁《いげた》模様という華やかな色合いの単衣《ひとえ》を身に纏《まと》っている。

滅多に足を向けることのない浅草の、しかも不夜城として名高い吉原遊郭の近くを通るというだけで、二人の胸は高揚していた。

今朝、いつものように八丁堀《はっちょうぼり》の同心、磯部金三郎《いそべきんざぶろう》宅を訪れたおりんに、これという指示はなく、挨拶《あいさつ》を済ませるとすぐ辞去した。

亀島町《かめじまちょう》の役宅を後にしたおりんは、そこから一町（約百九メートル）ほどのところにある亀島河岸《がし》へと向かい、霊岸橋《れいがんばし》の袂に係留されていた市松の猪牙船に乗り込んだ。

その船で待っていたお紋と合流するとすぐ、市松が櫓《ろ》を漕《こ》いで、大川を遡上《そじょう》したのである。

市松は普段、鎧《よろい》ノ渡《わたし》を行き来する船を交代で操ったり、馴染みに頼まれて大川流域の行楽地はもとより、芝《しば》や品川の方へも人を運んでいる。

おりんが昨日、浅草の方に船を出してくれる人を知らないかと尋ねたところ、

「明日の鎧ノ渡は非番だから、浅草までならおれが乗せて行ってやるよ」

と、市松が請け合ってくれたのだ。

霊岸橋を離れた市松の猪牙船は、半刻（約一時間）あまりで今戸橋近くの竹屋《たけや》ノ渡に着き、おりんとお紋は船を下りた。

市松は、お紋が差し出した一朱（約六千二百五十円）を固辞したのだが、

「受け取ってくれないと、この次から気安く頼めなくなるもの」

と脅されて、仕方なく受け取った。

おりんとお紋は、大川を下る市松の船を見送るとすぐ、日本堤から下谷竜泉寺町へと足を向けたのだった。

太郎兵衛の書画会は五つからということだから、始まって既に半刻は過ぎている頃おいだろう。

日本堤から分かれた道を左に曲がり、吉原遊郭の北端の田圃《たんぼ》道を西へと向かった。

その先の分かれ道を右へと進んだ先の道の両側に、下谷竜泉寺町の町並みがあり、大名屋敷と思《おぼ》しき広大な敷地の向かいに、下谷正燈寺の山門が見えた。

紅葉の頃は、門前も境内《けいだい》も大変な混《こ》みようだと聞いていたが、夏のこの時期はそれほどの賑わいは窺《うかが》えない。

太郎兵衛の書画会が開かれている料理屋『色川』は、正燈寺の西隣りにあった。

扉の開かれた網代戸《あじろど》の木戸門の奥に、木立に囲まれて立つ大普請の二階家が『色川』に違いない。

「あの」

おりんは、門の中から現れた、襷《たすき》がけの下女らしき女に声を掛け、

「並木宗園さんの書画会はこちらですか」

と、問いかけた。

声には出さないが、『あぁ』というように口を開けた下女は、

「番頭さん、また書画会がどうとか言ってる人が来たよぉ」

建物の方に向かって声を張り上げた。

間を置くこともなく、下駄《げた》の音をさせて五十絡みの男が門の傍にやって来た。

「いやぁ、五つ前から何人ものお人が見えまして、書画会がどうの、並木宗園がどうのとお尋ねになりましたが、わたしどもは何のことかいっこうに分からないのですよ」

番頭と思しき男は、眉間に皺を寄せて、しきりに首を傾げ、

「書画会にお座敷をお貸しした覚えもありませんので、わたしどもも困惑しているの

です」

と、ため息をついた。

「それで、並木宗園さんはどこに」

おりんが思わず、半歩前に出た。

「あぁ。そのお方は六つ半（七時頃）ごろお見えになりました。書画会のことも、『萩屋』の吉三郎という人の名前も初めて聞くと申しましたら、預けていた絵や十六両はどうなったのかとお尋ねになりますので、わたしどもは全く存じ上げないと返事しますと、顔を青ざめさせて、とぼとぼと引き上げて行かれましたが」

番頭が口にした太郎兵衛の様子は、まるで見てきたかのように、鮮やかにおりんの瞼《まぶた》に映っていた。

三

堀留二丁目は朝から雨になっていた。

小雨ながら途切れることなく降り続いているせいで、道はすっかり濡《ぬ》れ、『駕籠清』の中から望める堀江町入堀近辺は灰色に煙っている。

雨だから駕籠の乗り手が減るということはほとんどない。

前々からの出掛ける予定を取りやめる客がいる一方、どうしても出掛けなければならない人は泥道を行くよりはと、急遽《きゅうきょ》、雨除けの垂れの付いた四手駕籠《よつで》を呼んでくれるのである。

駕籠舁き人足は泥まみれになって難儀だろうが、商売に響くことはなかった。

表の通りに面した二階の障子窓を細く開けて、雨に煙る堀江町入堀を眺めていたおりんは、

「嘉平治さん、千波さんがお見えだよ」

呼びかけるお粂の声を耳にした途端、鏡に向かい、唐輪髷に結いかけていた髪を急ぎ束ね始めた。

太郎兵衛の絵の書画会が催されることになっていた、下谷竜泉寺町の料理屋『色川』に行ってから、二日が経った昼時である。

書画会の日に訪ねた『色川』の番頭から、そんな催しはないと聞かされたおりんは、両国橋の西広小路でお紋と別れると、本所へ渡り、太郎兵衛と千波が暮らす家を訪ねたのだ。

だが、家には二人とも居ず、〈文を見たら『駕籠清』においで乞う　りん〉と認《したた》めた書置きをして、堀留に戻った。

千波が堀留にやって来たのはその日の夕刻で、『色川』でのいきさつをおりんが話

すと、書画会のことは初耳だと呟《つぶや》いて絶句した。

　同席していた嘉平治も、

「太郎兵衛さんは、手の込んだ騙《かた》りに遭いなすったねぇ」

　と、声を掠れさせた。

　その日から、姿を消した太郎兵衛捜しが始まったのだが、今日までその行方は杳《よう》として分からないままだった。

　髷を結い終えたおりんは、急ぎ自分の部屋を出た。

「おりんさん、またお邪魔してます」

　囲炉裏端に横座りしていた千波が、階段を下り切ったおりんに会釈を向けた。

「いらっしゃい」

　おりんは、手拭いで足先を拭いていた千波の傍に膝を揃えた。

「太郎兵衛は、今日になっても本所の家には戻らないそうなんだよ」

　囲炉裏端に座っていたお粂がそういうと、傍に居た嘉平治が、

「千波さんは心当たりを訪ねたそうだが、太郎兵衛さんの消息は誰も知らないと言ったそうだ」

　と言い添えた。

　両足を拭き終わった千波は膝を揃えると、手拭いを畳んで囲炉裏の縁に置いた。

千波の身のこなしや錆青磁《さびせいじ》の着物に黒の絽《ろ》の羽織姿からは、二十代の半ばという年には似合わない落ち着きが感じられる。

堂上蒼月の数ある門人の中にあって、花村嘉良という雅号を持つ千波は、太郎兵衛は勿論《もちろん》のこと、他の年長の弟子たちよりも世に知られている。その自信と風格の表れなのかもしれない。

「太郎兵衛の奴、気に病んで変な気を起こさなきゃいいけど」

「叔父さんが川に身投げするとか首を吊るとでもいうの」

おりんはお条に向かって強く異を唱えた。するとお条は、

「おりんお前、あの太郎兵衛がそんな殊勝な真似《まね》をするとでもお思いなのかい」

「だって」

「あいつが思いつく変な気なんてのは、坊主になって諸国を経巡るとかなんとか言い出すんじゃないかということだよ」

お条がそう断じると、

「お袋様の仰《おつしや》るように、突拍子もないことを思いつきますからねぇ」

そう口にした千波は、小さな苦笑いを浮かべた。

「今は、書画会のためにかき集めた十六両をどうやって返済するかの算段に行き詰まって、雲隠れしてるんじゃありませんかねぇ」

思案しながら口を開いた嘉平治は、胸の前で両腕を組んだ。

「太郎兵衛さんにお金を貸すような人は、すぐに返せなどというような人たちではありませんから、返済の心配よりも、ただただ、騙りに遭ってしまった自分を恥じ入って、どこかに身を潜めているような気がしますけど」

「さすが千波さん、太郎兵衛の性分をよぉく分かっておいでだ」

間髪をいれず声を発すると、お粂は自分の膝をぴしりと片手で打った。

そのとき鐘の音がした。

日本橋本石町《ほんごくちょう》の時の鐘が九つ（正午頃）を知らせる音である。

「それにしても、太郎兵衛さんを騙《だま》した相手を引っくくる手立てはないものでしょうかねぇ」

千波は、まるで我が事のように、声音に悔しさをにじませた。

「どうだろうね、お父っつぁん」

「太郎兵衛さんに近づいた『萩屋』の吉三郎と名乗った男が、地本問屋の『亀甚』に現れたというから、そこから辿《たど》って行くしかあるめぇな」

落ち着いた声でそういうと、嘉平治は組んでいた両腕を解いた。

「喜八さんにも付き合ってもらって、あたしが動くよ」

おりんの声は静かだったが、決意には並々ならぬものがあった。

五つ半（九時頃）という頃おいの千代田城《ちよだじょう》のお堀は、きらきらと日射しを跳ね返している。

雛《ひな》祭りの日は白酒を求めて多くの人が押し掛けることで有名な、鎌倉《かまくら》河岸の酒屋、『豊島屋《としまや》』からわずか一町ほど北側に神田皆川町はある。

夜明けから晴れ渡ったこの日、格別の用はないという下っ引きの喜八を連れ出したおりんは、神田皆川町の地本問屋『亀甚』へと足を向けていた。

小雨の中、千波が『駕籠清』を訪ねて来た翌朝である。

「ごめんよ」

喜八が声を掛けて『亀甚』の暖簾《のれん》を潜《くぐ》ると、その後におりんは続いた。

絵草紙や浮世絵を商う地本問屋は朝から賑わうものではないらしく、客の姿はなく、手代が二人、板張りの上方に張り渡された紐《ひも》から下げられた絵を取り替えたり、書棚の冊子を並べ替えたりしている。

帳場格子に着いていた半白髪の男が、土間に入ったおりんと喜八にちらりと眼を向けると、

「半助《はんすけ》」

と口にした。

「へい」

絵を取り替えていた手代が返事をして、おりんと喜八の立っている土間近くに膝を揃えた。

「堀留で御用を務める目明かしのおりん親分と、おれは下っ引きの喜八というもんだが」

喜八の声に、半助と呼ばれた手代は、帳場格子に顔を向けた。

「これはこれは、お出《い》でなさいまし」

弾《はじ》かれた様に立ち上がった半白髪の男が、

「わたしは、番頭の長次郎《ちょうじろう》でございますが、なにかご用の向きでございましょうか」

慇懃《いんぎん》に手を突いた。

「お奉行所のお役人もご承知の上のお調べなんですがね」

おりんが、帯に差した十手をさりげなく見せると、

「どうか、お掛けになって」

番頭の長次郎に勧められるまま、おりんと喜八は框に腰を掛けた。

奉行所の役人も承知だというのに嘘《うそ》はなかった。

今朝、いつものように磯部金三郎の役宅に出向いたおりんは、騙りに遭った太郎兵衛の一件を伝えて、調べる許しを得ていたのである。

「半月ほど前のことですがね、ここに置いてあった絵を見て並木宗園のことを尋ねた客がいたと思うんだけど、覚えておいでだろうかね」

　おりんは、丁寧な口を利いた。

「絵と申しますと、その並木宗園というお人は、つまり、絵師でございましょうか」

「『萩屋』という版元を営む吉三郎という三十代半ばの男が、並木宗園と会う手立てをこちらに頼んだと聞いて来たんだがね」

　おりんは、太郎兵衛が書画会を開くことになった経緯の一端を番頭に伝えた。

「番頭さん、もしかしたら、板張りの隅に積んであった売れ残りの絵を何枚か見せたお人じゃありませんかね。その中に並木宗園という絵師の絵があって、向こうから描いた人に会いたいと仰ったんですよ」

　吊り下げられた絵を取り替えていた半助が、恐る恐る申し述べた。

「ああ。はいはい。思い出しました。昨年秋、堂上蒼月先生の絵を売り出したことがありました。その時、蒼月一門のお弟子の絵も並べましたので、その版元さんは、その時売れなかった絵を見つけられたのだと思いますよ」

　番頭は、思い出したことに安堵《あんど》したのか、大きく頷いた。

　すると、番頭の口から、その当時のことが次々に零れ出た。

「その版元さんが見つけた絵は、わたしどもが望んで披露したものではなかったと思います」

番頭によれば、並木宗園の絵は、堂上蒼月から推挙されたものでもなかったという。

「堂上蒼月一門で一番の人気絵師、花村嘉良をはじめ、長谷川光翔《はせがわこうしょう》、三林風雪《みつばやしふうせつ》の作品だけを並べるつもりでしたが、どうしても他の二枚の絵も加えてほしいと頭を下げられたものですから。これからもお付き合いを願いたい花村嘉良さんからの頼みを断るわけにもいきませんで」

片手を頭に遣った番頭は、苦笑いを浮かべた。

「『萩屋』という版元の吉三郎という男が、並木宗園の絵を見つけたのかい」

喜八が問いかけると、番頭は、「ええと」と呟いて、首を傾げた。

はっきりしない番頭の反応を見た半助が、ツツと膝を進めた。

「実は、『萩屋』のお人は、あのとき、妙なことを口走ったんですよ。『亀甚』さんでは、世間から顧みられずに焦りを抱えている自惚《うぬぼ》れの強い絵師や彫り物師、陶工なんかを知らないかと尋ねられました。その時、わたしも番頭さんも心当たりはないというと、お見せした何枚かの絵から一枚を取り出して、誰の作かを聞かれました」

半助の話に、その時のことを番頭も思い出したらしく、小さく頷いた。

絵の隅に『並木宗園』の号があったので、堂上蒼月の門弟ながら世に出ていない絵師だと教えると、

「並木宗園さんとわたしの間に立って、取次ぎの労を取ってもらえないだろうか」

吉三郎に頼み込まれて、番頭が請け合ったことが明らかになった。


市村座と中村座があることから、葺屋町《ふきやちょう》と堺町《さかいちょう》は芝居町とも呼ばれている。

二つの芝居小屋の北には楽屋新道《がくやしんみち》があり、南北に走る人形町通《にんぎょうちょうどおり》を横切った東側の通りは三光新道《さんこうじんみち》という名に変わる。

三光新道の中ほどに三光稲荷《いなり》があって、その隣りに居酒屋『あかね屋』があった。

五つを過ぎた時分で、外はすっかり暗くなっている。

ほんの四半刻前まで、芝居帰りの連中で混み合っていたのだが、潮が引くように客は減って、どこかで爪弾《つまび》かれる三味線の音まで聞こえるようになった。

「喜八さんの器は下げさせてもらいますよ」

土間から上がって来た女将《おかみ》のお栄《えい》は、おりんの返事も聞かず、空いた器をお盆に重ねて板場に運んで行く。

板場に近い板張りに陣取っていたおりんは、小鉢に残っていた鯵《あじ》の膾《なます》を口に入れた。

この日、太郎兵衛を騙りに掛けたと思われる『萩屋』の吉三郎の手がかりを求めて神田皆川町を訪れた結果、二人が出会うきっかけは『亀甚』にあったことを知った。

「『萩屋』という版元の吉三郎さんは、方々の地本問屋を回って、世に出る前の絵師などを捜しているようですよ」

そんな話を耳にしたおりんと喜八は、『亀甚』を後にすると、神田、日本橋界隈《かいわい》の地本問屋を五軒回ってみた。

そのうちの二軒に『萩屋』の吉三郎と思しき男が現れて、『亀甚』の番頭が教えてくれたような用件を持ち出したことが分かった。

「おりんさん、あとは『萩屋』の吉三郎に直《じか》にあたるしかありませんね」

喜八の申し出に頷いたおりんは、五軒目に訪ねた神田山本町《やまもとちょう》の地本問屋を出ると、その足を本郷に向けた。

太郎兵衛から、吉三郎が営むという版元は本郷の菊坂田町にあると聞いたのを覚えていた。

日が西に傾いた菊坂田町、菊坂台町《きくざかだいまち》など菊坂界隈を訪ね歩いたのだが見つからず、土地の目明かしからは、〈『萩屋』という版元は聞いたこともない〉という答えが返って来て、吉三郎捜しは暗礁に乗り上げてしまったのである。

そのまま堀留の『駕籠清』に戻ったおりんは、嘉平治にだけは話しておこうと思ったのだが、ひとつ屋根の下にいるお粂の耳が気になって、口にするのが憚《はばか》られた。

なかなか世に出られない絵師の太郎兵衛だからこそ騙りに狙《ねら》われたのだと知れば、いくら豪気なお粂でも、母親としては心穏やかではあるまいと斟酌《しんしゃく》したのだ。

そこでおりんは、今日一日引っ張り回した喜八を飲み食いで労《ねぎら》おうと『あかね屋』に誘ったのである。

もしかしたら、太郎兵衛の消息がつかめるかも知れないという淡い期待もあったが、女将のお栄の様子に、そんな思いは吹き飛ばされた。

酒よりも、空腹を満たした喜八は腰を上げ、

「太郎兵衛さんの一件は、弥五平《やごへい》兄ぃにも知らせておきます」

両国橋の西広小路で四文屋の屋台を出している下っ引きの弥五平の元へと飛び出して行ったのは、四半刻ばかり前だった。

おりんにしても、主に食べ物を口にしたのだが、一日歩いたせいか、喜八が残していった徳利《とっくり》を空にする時分には、微《かす》かな酔いを覚えていた。

「またのお越しを」

声がした方に顔を上げたおりんは、戸口の外で客を送り出すお栄の姿をぼんやりと捕えた。

「お気をつけて」

腰を折って見送ったお栄は、外に掛かっていた縄暖簾を外して店の中に戻ると、客のいなくなった板張りに置いた。

「もう、終《しま》いだね」

「食べ物も残ってるんだし、もう少しいなさいよ」

お栄にそう言われて、おりんは上げかけた腰を下ろした。

「だけど、太郎兵衛さんは気の毒な事だったわねぇ」

そう言いながら、お栄は空の器を片付け始めた。

おりんと喜八の話に加わることはなかったお栄だが、他の客に配膳しながらも、太郎兵衛に起きた奇禍の一端は耳に入っていたようだ。

「『駕籠清』のお粂さんも気が揉《も》めることよね」

「どうだろう。太郎兵衛叔父さんのことではもう、それほど驚きはしないんじゃないのかな」

おりんは、他人事《ひとごと》のように口にした。

四十になろうという太郎兵衛は、所帯を持つ気配もなく、これという仕事もない。浮草のような暮らしをしているにも拘《かか》わらず、身も心にも荒《すさ》みがない。

そんな倅《せがれ》に小言を言っても暖簾に腕押しだと、お粂はとっくに諦《あきら》めているような気配もある。

「片づけたら、少しお酒の相手をしてくれないかな」

「いいよ」

おりんが返答すると、お栄は空いた器を載せたお盆を持って土間に下り、板場へと運んで行った。

おりんの前には、こんにゃくの煮物、焼き茄子《なす》、空豆の入った器が残った。

四

居酒屋『あかね屋』の店内から、客の姿はすっかり消えた。

店内の片づけを済ませたお栄が、徳利一本と酒の肴をお盆に載せておりんの前に座り込んだのは、ほんの少し前である。

板場から水の音が届いているのは、包丁人の政三《せいぞう》が洗い物をしているからだろう。

「注ぎます」

お栄が盃《さかずき》の酒を飲み干したのを見て、おりんは徳利を勧める。

「ありがと」

お栄が差し出した盃に酒を注ぐと、

「おりんちゃんも」

今度はお栄が徳利を持った。

「今夜はもう、これで最後にします」

おりんはそういうと、お栄の酌を受けた。

「おりんちゃんにちょっと、確かめたいことがあったのよ」

徳利を置くと、お栄が穏やかな顔を向けた。

「なんだろう」

「先月のはじめ頃だったか、大丸新道《だいまるしんみち》でバッタリ会った時、わたしに何か言いかけて、やめたことがあったわね」

「先月――」

小首を捻ったおりんが、呟くと、

「わたしに、『あ』っと声を掛けたのに、おりんちゃんは何でもないって言ったから、ちょっと気になってたの」

あ――お栄の話に、おりんは胸の内で声を上げた。

先月、杉森稲荷《すぎのもりいなり》に行きかけたお栄に向かって、『あ』っと声を掛けたものの、用件を切り出さなかったことを思い出した。

病の床に就いていた母親のおまさが、嘉平治の後添えになってほしいとお栄に頼んだというのは本当のことなのか。それをどう思っているのかを尋ねようとしたのだ。

「あぁ。あれはほんとに大したことじゃなかったんですよ」

おりんは笑って誤魔化した。

「なんだ。ずっと気にしてたのに」

笑みを浮かべたお栄は、盃を手にして口を付けた。

「お栄さんが生まれ育ったのは、通旅籠町《とおりはたごちょう》なのに、どうしてこの三光新道でお店を始めたのかなぁなんて、知らなくてもいいことだけど、好奇心が湧《わ》いたもんだから」

屈託のない物言いをしたおりんは、空豆を口に放《ほう》り込んだ。

「うん。親兄弟の恥を晒《さら》すようなことも、いろいろあったから」

「だったらいいんです」

慌てて片手を横に打ち振ったおりんだが、お栄が通旅籠町の家を飛び出したいきさつは、それとなく耳にしていた。

実家が営んでいた鰻屋《うなぎや》『さわい』に奉公する鰻職人の東次《とうじ》と恋仲になったお栄は、親の反対に遭い、仲を裂かれたという。

だが、『さわい』を追われた東次が品川で板場の仕事に就いていると知って、お栄は実家を飛び出したのである。

「あれから二十年近くも経って、差し障りのある人たちはもう居なくなったし、『駕籠清』のお粂さんも嘉平治さんも、太郎兵衛さんにしてもご存じの昔話だから、おりんちゃんに隠すこともないね」

そういうと、お栄は笑みを浮かべた。

品川で東次と所帯を持って五年ほど経ったころのことだという。

「親のことが気にならないことはなかったけど、こっちも意地になって、ずっとほったらかしてたのよ。だけど、隠居した父に代わって『さわい』を継いだ兄の様子を見て来てくれるよう、東次さんに頼んだの」

その時、二親が二年前に相次いで死んだことを知らされたうえに、『さわい』の評判がよくないことも分かったという。

後を継いだ兄の増蔵《ますぞう》は人扱いが悪く、腕のいい板前とも度々ぶつかり、雇い入れた奉公人も長くは居付かないということだった。

「今、ここで包丁を握ってる政三さんも、その当時兄と反りが合わずに辞めていった一人なのよ」

板場の方に眼を遣って、お栄は苦笑いをした。

二親が死んだ話を聞いてから二年後、『さわい』は借金の形に土地建物を取られ、その後、兄の増蔵は行方をくらませたままだということが、品川のお栄にも伝わった。

「品川で、二人して一心不乱に働いたお蔭《かげ》で、大層な額じゃないけど貯《たくわ》えも出来たから、十年前、深川蛤《はまぐり》町《ちょう》の橋の袂に小さな居酒屋を出したわ」

家を飛び出した身とすれば、通旅籠町近辺で商売をするのは憚られたので、大川を越した深川にしたのだと言って、お栄は笑った。その時、三十になっていたという。

東次は、店の名前を恩のある『さわい』にしようと言ったのだが、お栄は異を唱え、

『河端《かわばた》』という差し障りのない屋号にした。

だが、東次の料理は瞬く間に評判を取り、殊に、鰻料理は木場の旦那衆をも満足させた。

東次がかつて、通旅籠町の鰻屋『さわい』の板場にいたと知った客から、

「深川に『さわい』の味が戻ってきた」

という声が上がり、そして広まった。

それから二年近く経った頃、『河端』の味の評判を聞きつけたと言って、行方の知れなかった増蔵が、度々姿を見せるようになったのだと、お栄は顔を曇らせた。

「おめぇが、東次なんぞを追いかけて家を出た時から、『さわい』は傾いたんだよ」

酒が入ると、増蔵はお栄と東次に悪態をつくようになったという。

「『さわい』が立ち行かなくなったのはおめぇたち二人のせいなんだよ」

と、自分のことは棚に上げて、お栄夫婦を詰《なじ》るのが慣例となっていった。

「兄が来始めて三月ばかりが経った頃、青物を買って口開け前の店に戻ったら、兄が来ていたの。眼の前に立っていた東次さんからお金を受け取って袂に落とす音がしたから、無心に来たのだと分かったわ。わたしは、貸せないと言って迫ったのよ。そしたら兄は、東次がくれるというんだからお前は黙れと開き直ったの。返せ返さないで揉み合ううちに、わたし、思わず簪《かんざし》を引き抜いて兄に向けてたのよ。てめぇ、身内を

殺す気かって、兄は板場に飛び込んで、包丁を摑《つか》んでわたしに向けたわ。その時、東次さんが兄を止めに掛かったけど、揉みあいになった末に、兄に腹を刺されて倒れたの」

そこまで聞いて、おりんは息を吞んだ。

東次の腹から血が流れるのを眼にした増蔵は、その場から逃げたのだが、十日後に深川の岡《おか》場所に潜んでいるのが見つかり、南町奉行所の役人に捕えられたという。遠島の刑に処せられた増蔵は、ひと月後に八丈島《はちじょうじま》へ流されたが、その僅《わず》か半月後、薬効の甲斐なく、東次は死んだ。

「三光新道で『あかね屋』を始めたのは、翌年のこと。おりんちゃんのおっ母さんや嘉平治親分、太郎兵衛さんたちに励まされたのよ。政三さんも手伝うと言ってくれたもんだから、その気になったの」

そういうと、お栄は、店内を見回した。

「あたし、余計な事を聞いてしまったようだね」

「ううん。なんだか、どこかに引っ掛かっていたつかえが、話したお蔭で少し取れた気がする」

「それならいいけど」

呟くと、おりんは小さく息を吐いた。

「亭主を刺し殺した男を身内に持つのにくらべれば、騙りに遭った太郎兵衛さんは可愛《かわい》いものよ。姿を見せたら優しくしておあげよ」

おりんに語り掛けたお栄の笑顔に、曇りはなかった。

いつの間にか物音の消えた板場から、煙草の煙が流れ出ていた。

「政三さん、片付いたら帰ってくれて構いませんよ」

お栄が声を掛けると、板場から、提煙草入れに煙管《きせる》を仕舞いながら出て来た政三が、

「おりんさん、実は昨日、芝居町を歩く太郎兵衛さんを遠くから見かけたんですよ」

と、口を開き、

「太郎兵衛さんがとんだ目に遭ったことを知らなかったもので、そのまま打っちゃってしまったんですが」

と、恐縮した。

「ありがとう。無事だと知れただけでも安心したわ」

正直な思いを口にして、おりんは政三に頭を下げた。

朝日が昇った直後から、町々を夏の日射しが突き刺していた。

単衣の着物に白緑の股引という、御用務めの装りをしたおりんが、地面の照り返しを浴びて浜町堀《はまちょうぼり》へと足を向けている。

『あかね屋』のお栄から、紆余《うよ》曲折の半生を聞いた翌朝である。

北町奉行所の同心、磯部金三郎にこの日の指示を仰ぐために、いつも通り、八丁堀の役宅に赴いた帰りだった。

六つ半に亀島町の役宅に着いた時、朝餉も髪結いも済ませていた金三郎は、

「話しておきたいことが持ち上がってな」

と、おりんを庭先に呼んだ。

「前々から、江戸湾に停泊している廻船《かいせん》の船倉で、密《ひそ》かに賭場《とば》が開かれているという噂があったんだよ」

金三郎はすぐに用件を切り出した。

江戸湾には、諸方から荷を運んでくる廻船が入れ代わり立ち代わり入って来るということは、おりんも知っていた。

しかし、船着き場の空き具合や人足などの都合で、すぐに荷揚げや荷積が出来ないこともある。

荷揚げや荷積を待つ間、廻船は霊岸島や石川島《いしかわじま》、あるいは、芝や品川の沖合で停泊することになる。

その間、廻船の水主《かこ》たちは小舟で陸《おか》に上がって飲食も出来たし、岡場所にも行けた。

だが、長い夜を持て余すうちに、船内では賭博が行われる。

その噂は市中にも広がり、遊び人や博徒たちが役人の眼を盗んで、夜な夜な、海上の賭博場へ足を延ばしているということは、奉行所も御船手組《おふなてぐみ》でも把握していたという。

「江戸に入るすべての廻船で博奕《ばくち》が行われているのではないが、中には刃傷沙汰《にんじょうざた》になって、船から海に投げ込まれた者もいると聞くし、御船手組と連絡を取り合いながら取り締まることになってるんだ」

金三郎はそう打ち明け、

「今、品川沖に停泊している廻船のうち、どの船で賭場が開かれているか密《ひそ》かに探りをいれている。その目星がついたら、御船手組と奉行所が組んで船に乗り込むことになっているんだが、その時は、品川の目明かしをはじめ、他所《よそ》の目明かしの手も借りることになるから、そのつもりでいてもらいたい」

と、話を締めくくった。

磯部家を後にしたおりんは、珍しく鎧ノ渡の渡船に乗って日本橋川を横切った。

小網町《こあみちょう》から銀座の北辺を東に向かい、突き当たった浜町堀から北へと足を向けた。

金三郎から聞いた話を喜八に伝え、いつでも駆け付けられるように腹積もりをしてくれるようにと、前もって知らせておこうと遠回りをしたのである。

喜八の住まう長屋は、高砂町《たかさごちょう》にある『万助店《まんすけだな》』である。

三五郎が三年前に死に、去年、母親が死んだあとも、同じ長屋に住み続けていた。

おりんが『万助店』に足を踏み入れると、家に居た喜八は、読売の版元に出掛けるところだということだった。

五月の半ばには大相撲の夏場所が始まり、月末には大川の川開きもある。

江戸には田植えを終えた百姓衆もやって来るので、名所や料理屋の見立て番付はよく売れるから忙しいのだと、笑みを浮かべていた。

おりんが用件を伝えると、

「分かった。これから日に一度は『駕籠清』に顔を出すことにするよ」

と言って頷き、本所に住む下っ引きの弥五平にも、喜八が伝えると請け合ってくれた。


日本橋高砂町の喜八を訪ねたおりんが、『駕籠清』に帰り着いたのは、四つ（十時頃）を過ぎた時分だった。

いつもなら、庭の藤棚の日陰には誰かしら休んでいるのだが、空いた駕籠も駕籠舁き人足の姿もなかった。

汲んだ井戸水を桶《おけ》に満たし、浸した手拭いを絞って二階にある自分の部屋に駆け上がると、諸肌《もろはだ》を脱いで汗ばんだ顔や胸元を拭う。

冷たかった手拭いは、すぐに熱を帯びてしまう。

「こんちはぁ」

階下から、遠慮がちな男の声がした。

「あ、お前、太郎兵衛、今までどこに行ってたんだいっ」

やけに甲高《かんだか》いお粂の声が轟《とどろ》いた。

急ぎ着物の袖に手を通すと、おりんは階段を駆け下りる。

階下に降りると、囲炉裏端に仁王立ちしたお粂が、玄関の三和土に突っ立っている太郎兵衛を睨みつけていた。

「とにかく太郎兵衛さん、お上がりなさいよ」

居間の方から現れた嘉平治が、手で囲炉裏を指し示すと、

「なんとも、どうも」

と口にしながら三和土を上がり、囲炉裏端に膝を揃えた。

「へへへ、皆さんにはとんだお騒がせをしたようで」

太郎兵衛は、他の三人が囲炉裏端に着くとすぐ詫びを口にした。

「とんだ人騒がせだよ」

お粂は冷ややかに言い放つと、太郎兵衛に書画会を持ち掛けて十六両をせしめた『萩屋』の吉三郎捜しにおりんが取り掛かったことを打ち明けた。

「だけど、その行方はつかめなくてね」

「おりんちゃん、騙された一件ではもう、足を棒にすることはないよ。おれの身から出た錆《さび》だからさ」

太郎兵衛が殊勝な声音を吐いた。

「それにしてもお前、書画会のことは千波さんに知らせてなかったって言うじゃないかっ」

お粂は目を吊り上げて声を荒らげる。

「それでまぁ、ついにおれ、千波に愛想尽かしを食わされてしまいまして」

そういうと、太郎兵衛は大きなため息とともに、両肩を上下させた。

「それは、つまり」

嘉平治が小声で問いかけると、

「二日前、本所に戻ると、調子に乗ると見境のなくなるような人とは金輪際一緒にはいられないから、どうかあんたはわたしの家から出て行ってもらいたいとのご託宣でね」

既に諦めはついているのか、太郎兵衛は冷静に答えた。

「それで、行くところがなくなったのでこの家に置いてくれないかと、頼みに来たんだね。ここに戻って、一から商いを覚えると、こういうんだね」

お粂が薄笑いを浮かべてそういうと、

「おっ母さん、倅の傷ついた胸に塩をこすり付けるような真似を、よくもしてくれるじゃねぇかい」

太郎兵衛は、まるで芝居場のように唇を噛《か》むと、恨めしげにお粂を見た。

「四十にもなって腰の定まらないお前に、わたしの塩が効くとは思えないがね」

そういうと、お粂はわざとらしく大きなため息をついてみせた。

「ま、いいでしょ。今日は、お詫びかたがた、お知らせに寄っただけだから」

「お知らせとはなんだい」

お粂は、太郎兵衛の言葉に即座に反応する。

「おれの知り合いに土地持ちの倅がいて、狭い一軒家を貸してくれることになりましたので、どうかご安心を」

軽く頭を下げた太郎兵衛によれば、その家は、神田佐久間町《さくまちょう》にあるという。

さらに、

「そこは、居職の職人の多い町だから、一日中、桶や鏨《たがね》や鋳物を叩《たた》く音がしてるが、それにもおいおい慣れるだろうから、商家の若旦那たちに三味線を教えながら、芝居の戯作に勤《いそ》しむつもりだよ」

と、決意を口にした。

「『あかね屋』の料理人の政三さんが、二日ほど前、芝居町で叔父さんを見かけたと言ってたけど、本所を出されてどこに行ってたのよ」

おりんが尋ねると、

「市村座の床山の文吉《ぶんきち》を知ってるだろう」

太郎兵衛の口から出た名は、おりんもよく知っている。

いかつい顔付きに似ず、女形の役者のような物言いをする腕のいい床山と評判の男である。その文吉の家に厄介になっていたことを白状した。

「では、おれはこれで腰を上げますが、何か御用の節はここに」

一枚の書付を置いた太郎兵衛は、三和土の履物に足を通すと、軽やかに表へと出て行った。

囲炉裏端に残された書付には、『神田佐久間町一丁目　乾物屋と笊屋《ざるや》の間の平屋』と、新しい住居が記されていた。

五

おりんが嘉平治と二人で柳橋《やなぎばし》へ足を踏み入れたのは、初めてのことである。

幼馴染みのお紋などと、両国へ行ったついでに足を延ばしたり、浅草へ行くのに通りかかったりすることは度々あった。

だが、嘉平治と二人で来たことは、これまでなかった。

「明日の九つ、柳橋の北詰、浅草下平右衛門町《しもへいえもんちょう》の料理屋『紫水楼《しすいろう》』にお出で願いたい」

言付けを託されたと言って、弥五平が『駕籠清』に来たのは、昨日の夕刻である。

太郎兵衛が『駕籠清』に現れた昨日、弥五平と同じ本所に住む千波に頼まれたということだった。

「千波さんは、親方とおりんさんと、昼餉をご一緒したいということでした」

そのことだけを告げると、弥五平は四文屋の屋台を担いで、両国広小路へと商いに出掛けて行ったのである。

浅草下平右衛門町の『紫水楼』は、大川端にあった。

柳橋を浅草側に渡って、最初の丁字路を右へ折れたところに二階家が立っていた。

玄関で名乗ると、おりんと嘉平治は女中に案内されて二階に上がり、大川に面した小部屋に通された。

「今日は、わざわざ恐れ入ります」

部屋で待っていた千波が挨拶をするや否や、女中たちによって昼餉の膳《ぜん》が運び入れられた。

上座に座らされたおりんと嘉平治は、

「まずは、箸《はし》を付けましょうか」

千波に促されて、膳のものに箸を伸ばした。

開けられた障子窓の外から、長閑な船音とともに心地よい川風が流れ込む。

時々、同じ個所《かしょ》を弾いて稽古《けいこ》しているらしい、三味線の音も届く。

「どうも、黙り込んでものを食べるのは息が詰まりますんで、ずばりお聞きしますが、今日の用件は、太郎兵衛さんのことじゃありませんか」

半分近く食べ進んだところで、苦笑いを浮かべた嘉平治が穏やかに申し出ると、

「そのことを、どうして」

千波は、戸惑ったように、嘉平治とおりんの顔を交互に見た。

「実は昨日太郎兵衛さんが堀留に現れまして、千波さんから愛想尽かしを食って、本所を追い出されたと、そう」

「そうでしたか」

千波は、半ばほっとしたように頷くと、

「お二人はどうか、食べながら聞いて下さいまし」

箸を膳に置いた。

嘉平治も箸を置くと、おりんもそれに倣《なら》った。

「太郎兵衛さんに恨まれようと嫌われようと、それはどうでもいいんですけど、騙りに遭ったことで腹を立てたとか、嫌になったとかで追い出したんじゃないってことを、お義兄さんとおりんさんには言っておきたくて、こうして」

と、頭を下げた。そして、

「太郎兵衛さんが、書画会をそそのかした男の誘いにうっかり乗ってしまったのは、焦りのようなものがあったからじゃないかと思うんです」

とも、千波は口にした。

絵師の堂上蒼月のもとに通い、師事したのは太郎兵衛の方が先だった。

そこへ八年遅れで入門したのが千波である。

千波の画才は瞬く間に花開き、地本問屋などから絵の注文が来るようになった。

そのことを我がことのように喜んでくれた太郎兵衛と恋仲になったことは堂上蒼月にも門人にも秘したまま、五年前から本所藤代町で同居し始めたのだった。

その頃には、千波は師の堂上蒼月から『花村嘉良』という雅号を授けられていたのだが、兄弟子の太郎兵衛には、雅号はなかった。

「太郎兵衛なんて名は絵師には似合わねぇ」

そう口にした太郎兵衛は、十年以上も前に自ら『並木宗園』と名乗って、絵を描いたり戯作に勤しんだりしたが、その名を雅号とすることを許されたのは、ほんの五年前だった。

　許されたものの、その名は未《いま》だ世に知られていない。

「花村嘉良の絵が売れ、世に出ていることを太郎兵衛さんは心底喜んでくれてはいますが、心の奥底はどうなんだろうと、ふと思うことがありました。堂上蒼月先生を師とする門弟の間にも、絵の巧拙、名が売れた売れないということで、妬《ねた》みや増長が渦を巻くんです。太郎兵衛さんにしても、花村嘉良に負けてなるものかという思いがあってても不思議ではないんです。だけど、一緒に暮らすなら、そんな思いは捨ててもらいたいんです。わたしは、太郎兵衛さんが売れる売れないはどうでもいいんです。働きが無くても、稼ぎが無くても、構やしないんです。家のことを楽し気にやってくれて有難いし、一緒にいるだけで楽しいし、それだけで充分なのに、並木宗園として名を上げたい、世に出たいという思いを消しきれないでいるんです。さりげなく何でもない言葉の端々から、そんな思いがひしひしと、痛いほど分かるんです。そのたびに、この人は、わたしと張り合っているんだ、花村嘉良に並び、超えようともがいているんじゃないかと思えて、わたしも息苦しいのです」

　そういうと、千波はがくりと首を折って、大きく息を吐いた。

「太郎兵衛さんは、わたしからは、離れた方がいいんです。そうしてもらった方が、わたしも助かるし、あの人にとってもきっと――。ですから、騙りに遭ったのは、別れるにはいい折だったんです」

「叔父さんには、絵師としての技量がないということですか」

おりんは、遠慮なく尋ねた。

千波は、ほんの少し思いを巡らせると、

「絵にしろ三味線にしろ、遊びを極めるほうが太郎兵衛さんらしいじゃありませんか」

そう言い切った。

「なるほど。道楽を極めれば、芸の域に達することもあると、そういうことだね」

嘉平治がそう口にすると、千波の顔に微かに笑みが浮かぶ。

するとすぐ、

「これを、騙り取られた十六両の返済に充ててくれるよう、わたしからとは言わずに太郎兵衛さんにお渡し下さいませんか」

懐から出した紙包みを、手を伸ばして嘉平治の膳の脇に置いた。

「二十両（約二百万円）もありますが」

包みを開いた嘉平治が、訝るように千波に顔を向けた。

「二十両では買えないいくらいの楽しい時を、太郎兵衛さんからいただきましたから」

そう口にした千波の顔から、小娘のような照れ笑いが零れたのを、おりんの眼は捉えていた。

「さて、何と言ってこの二十両を太郎兵衛さんに渡すかだな」

嘉平治の口から、またしても同じような呟きが洩《も》れた。

柳橋の料理屋『紫水楼』の表で千波と別れた直後、嘉平治の口を衝《つ》いて出た言葉が、堀留に立ち帰ってからも、ぽろりと洩れたのである。

「いきなり二十両も渡せば、いくら叔父さんでも尻込みするだろうから、返済を迫られて困り果てるまで、様子を見た方がいいんじゃないのかな」

なにげなくおりんが返事をすると、

「おめぇも、随分と策士になったもんだぜ」

嘉平治は小さく鼻で笑うと、大丸新道《だいまるしんみち》の四つ辻《つじ》を突っ切って瓢簞新道《ひょうたんじんみち》へと足を向けた。

瓢簞新道を道なりに進んだおりんと嘉平治が、『駕籠清』に差し掛かった時、表通りから駆け込んできた人影とぶつかりそうになった。

「あ、よかった。これから柳橋に行くところでした」

ぶつかりそうになった人影は、喜八である。

北町奉行所の同心、磯部金三郎の使いとして、若い同心、仙場辰之助《せんばたつのすけ》が一丁目の自身番に来たばかりだと、喜八はさらにそう告げた。

「御用の筋だな」

小さく洩らした嘉平治の顔が、俄に引き締まった。

「それじゃお父っつぁん」

「おぉ。話はあとで聞かせてもらうよ」

そう声を掛けた嘉平治に頷くと、おりんは喜八とともに、目と鼻の先にある自身番へと駆け出した。

「仙場様、御免蒙ります」

自身番の玉砂利に立って声を掛けると、おりんは上がり框から三畳の畳の間へと上がり込んだ。

「出掛けていたと聞いたが」

腰の物を畳に置いて座っていた仙場辰之助が、胡坐《あぐら》をかいたままおりんに顔を向けた。

「たった今戻ったところでした」

そう答えたおりんは、辰之助の向かい側に膝を揃えた。

付いて来た喜八は、上がり框近くに控えている。

「江戸湾に停泊している北前船などの廻船で、賭場が開かれているという話は磯部様から聞いたそうだな」

「はい」

なんの愛想もない辰之助の物言いにも、おりんは丁寧に答えた。

辰之助によれば、品川沖に停泊している廻船五艘《そう》のうち、桑名《くわな》の廻船問屋の持ち船『大王丸《だいおうまる》』で賭場が開かれていることが判明したという。

その結果、北町奉行所と御船手組がひとつになって、今夜、品川沖の『大王丸』に乗り込むことになったということを、辰之助は伝えた。

「これには多くの人員が必要なため、今宵《こよい》手隙《てすき》の目明かし、下っ引きたちの手を借りたいというのが、磯部様のご依頼なのだ」

「承知しました。あたしは、ここにいる喜八、それに弥五平の二人とともに駆けつけようと存じます」

おりんの言葉に、外にいた喜八が、引き締まった顔付きをして大きく頷いた。


暗い海の向こうに、東海道《とうかいどう》が通る浜松町《はままつちょう》辺りの町明かりの連なりが見て取れる。

その明かりを右手に見ながら、三艘の荷船が一列に並んで品川へと進んでいる。

おりんと喜八、それに弥五平は、御船手組の人足とともに殿《しんがり》を行く船に乗っていた。

「日が沈んだばかりの六つ半に、霊岸島船見番所に集まってもらいたい」

辰之助に指示された通り、おりんと喜八、それに『駕籠清』に駆け付けた弥五平は、刻限通り、霊岸島の南端にある御船手組屋敷の一角にある船見番所に着いた。

そこにはすでに、北町奉行所の同心、磯部金三郎もいて、御船手組の役人との話し合いの最中だった。

おりんたち三人は、辰之助の指示によって殿を行く船に乗り込むように言いつかった。

霊岸島の船見番所を出てから四半刻ばかりで、おりんたちの船は、築地川《つきじがわ》の浜御殿《はまごてん》の沖を通り過ぎたことになる。

暗い海には、船を進める櫓の音しかない。

三艘のどの船からも、人の声はない。

海上には、火を灯《とも》した夜釣りの船や、ちらほらと、納涼に出て来た屋根船もある。

五月二十八日の川開きが済むまで、夜の納涼の船は禁止されているのだが、それには構っていられず、奉行所の金三郎たちを乗せた船はひたすら品川沖を目指した。

時が経つにつれ、海上にはさらに暗さが増した。

金三郎や辰之助、それに御船手組の役人たちの乗った先頭の船が速度を落としたのは、品川宿の明かりが西方に見える辺りである。

霊岸島の船見番所から出た三艘の船が一塊《ひとかたまり》になると、ほどなくして、品川の方向から近づいて来た四艘の荷船と船縁《ふなべり》を寄せ合った。

合計七艘の船には、それぞれ五、六人の人影があった。

先頭で停まっている船には金三郎や辰之助の他に御船手組の役人の姿もあり、帆を下ろして沖合に点々と停泊している大型の廻船を見回しているような様子が見て取れる。

その時、ギィギィと、何かがこすれる音が近づいてきた。

音の方を見たおりんの眼に、水売船の櫓を懸命に漕ぐ人影が飛び込んだ。

と、荷船の塊を見つけたのか、水売船を漕いでいた人影が驚いたように手を止めた。

が、それも一瞬で、進む方向を変えると慌ただしく櫓を漕ぎ出す。

「殿の船の者、あの船を止めよ」

金三郎たちが乗っている船から、低く鋭い声が届くと、

「船頭さん、いま向きを変えた船を追って下さい」

おりんはすぐに反応して、声を掛けた。

御船手組の御用を務めているらしい船頭は、突然の出来事にも機転が利く。

どれくらいの間合いを進んだかは不確かだが、おりんたちの乗った荷船が、先を行く水売船に近づいていた。

「前の船、そこで停まれっ」

弥五平が声を掛けると、櫓を漕ぐ人影の動きが一段と速まる。

「船頭さん、何とか四間くらいに詰めておくんなさい」

声を張り上げると、おりんは袂に忍び込ませていた鉤縄を取り出して、小さく巻いていた細縄を解く。

鉤を繋げた細縄の長さは五間だから、鉤縄を使うにはもう少し間合いを縮めなければならない。

船頭の剛力《ごうりき》で、逃げる船との間合いがかなり詰まった。

「みんな、頭を下げておくれ」

そういうと、おりんは両足を踏ん張って船底に立ち、鉤縄を頭上で回し始める。

ビュンビュンと風を切る音がして、おりんは細縄を手から放つ。

宙を飛んだ鉤縄が伸びてすぐ、先を行く船からカチッという音がした。

おりんが急ぎ細縄を手繰《たぐ》ると、重い手ごたえがあった。

恐らく逃げる船の船縁に鉤が引っ掛かったに違いない。

すぐに弥五平と喜八が加わって、おりんと共に細縄を引くと、荷船と水売船の間合いがぐんぐん縮まり、ついに船縁を寄せ合った。

「神妙にしやがれ」

逃げる船に飛び移った御船手組の人足二人が、櫓を漕いでいた男を引き倒すと、後ろ手に縛り上げる。

「捕えたか」

いつの間にか近づいていた船から、金三郎が声を上げた。

すると、人足の手で、後ろ手に縛られた男が立たされた。

装りからすると、三十代半ばほどのお店者《たなもの》に見える。

「その方、夜の海で何をしていた」

鋭い声で金三郎が問うと、

「へい。沖の廻船に、ここに積んだ酒樽を届けに参るところでございました」

お店者がそういうと、人足が何かを覆っていた筵を捲《まく》り上げた。

すると紛れもなく、酒の入った四斗樽《しとだる》がある。

「なんという廻船に届けるのか」

さらなる問いかけに、お店者は俄に口ごもる。

「先刻、我らに気付いて、お前は逃げたが、それはどうしてだ」

「いえ、あの、ただ驚いて」

「届ける船の名はなんと言うのか」

金三郎に畳みかけられたお店者はしどろもどろになって、その場に頽《くずお》れた。

「源治《げんじ》親分、この男を連れて品川に戻り、自身番に繋いでおいてくれ」

「へい」

源治と呼ばれた目明かしが金三郎に返答すると、下っ引きと二人、水売船に乗り移った。

「おりん、でかした」

声を掛けた金三郎に、おりんはただ小さく会釈をしただけで、引っかけていた鉤縄を外した。

「お手柄です」

その声がした方に眼をやると、弥五平が小さく頷いた。

おりんはこの時初めて、顔をほころばせた。


北品川宿の東海道沿いにある集船場に、一艘の荷船が着いた。

舫われた船から、金三郎と辰之助を先頭に、おりんと弥五平、それに喜八が下りた。

奉行所と御船手組による海上の賭博場の取り締まりは五つ過ぎに決行され、半刻足らずのうちに、廻船『大王丸』の船頭や水主、賭場に来ていた客ら十数人が捕縛された。

客の中には、商家の旦那や芸者、職人などもいた。船から海に飛び込んだ者もいたが、すぐに荷船に引き揚げられた。

廻船で捕えられた者たちは、御船手組の船で組屋敷に運ばれ、金三郎とおりんらは、酒樽を積んでいたお店者の調べのために、品川の自身番に向かったのである。

刻限は、まもなく四つという頃おいだろう。

自身番は、集船場から東海道を横切ったところにある八ッ山《やや》の傍《かたわ》らにあった。

「お前は、わたしどもから酒を騙り取ろうとしたんだろう」

明かりの点いた自身番の中から、男の怒声が轟いた。

弥五平と喜八を外に待たせたおりんが、金三郎と辰之助に続いて畳の間に上がると、

「ままま」

と、目明かしの源治が、怒り心頭に発したお店者を押しとどめている。

「なにごとだい」

金三郎が尋ねると、

「こちらは、近くの酒屋の番頭なんですが、この男に代金を踏み倒されかかったと言いまして」

源治が、畳の間の奥の板張りの三畳間を指すと、そこには、酒樽を積んでいた船で縛られたお店者が、板壁の鉄の輪に繋がれていた。

「この男が、夕刻、わたしどもの店に現れまして、廻船問屋の手代だと名乗ったんでございます」

酒屋の番頭は、繋がれた男を指差した。

そして、今夜、沖合に停泊している廻船問屋の船に四斗樽を三つ納めなければならないので、集船場に届けてもらいたいという手代の頼みを聞いて、酒屋の者は六つ半に運んだのだという。

そこで、待ち受けていた水売船に樽を積み込むと、

「四斗樽の代金は、船に積み込んだ時にもらうことになっているので、戻り次第酒屋に届けます」

手代はそう言い残して、船を沖合に漕ぎ出したのだが、五つになっても現れないので、酒屋は大騒ぎになったのだと、番頭は恨めしげに手代を睨んだ。

「なるほど。おめぇは、四斗樽を騙り取って、どこかに売り飛ばす腹だったたな」

金三郎がそう断じた。

なるほど――おりんは腹の中で、金三郎の推察に意を同じくした。

品川から離れたところに向かおうとして、たまたま賭場改めに来ていた役人の船と遭遇してしまったのだろう。

「捕えたこの者をなんとなさいます」

辰之助が金三郎に投げかけると、

「今夜は牢《ろう》屋敷に放り込んで、調べは明日だな」

そういうと、金三郎はそっと欠伸《あくび》を嚙み殺した。

小伝馬町《こでんまちょう》の牢屋敷は堀留からほんのわずか北方にある。

その場所は物心ついた時分から知っているが、おりんが牢屋敷に足を踏み入れたのは今日が初めてだった。

品川沖に停泊していた廻船で開かれた賭場の手入れに乗り込んだ夜の翌日のことである。

「明日は、朝から牢屋敷に詰めるので、八丁堀に顔を出すことはないよ」

昨夜、品川から堀留に戻る際、金三郎からそう言われ、

「四斗樽を騙り取ろうとした男の調べもするから、なんなら昼過ぎくらいに牢屋敷に顔を出してみなよ」

とも誘いを受けていたおりんは、好奇心が疼《うず》いて牢屋敷を訪れたのだった。

裏門から入って、磯部金三郎の名を出すと、西口揚屋《あがりや》の当番所に行くよう指示された。

当番所に行くとすぐ、

「あの野郎、廻船問屋の手代というのは真っ赤な嘘だったよ」

辰之助を伴って入って来るなり、金三郎が声を張り上げ、

「吊るし上げて余罪を問い詰めたところ、いろいろとやってやがったよ」

そうも口にすると、板張りの框に腰を掛けた。

「多くは指物師《さしものし》や錺《かざり》職人などを騙して金品を取って姿をくらます手口だが、何かと手の込んだこともやっていたよ」

「磯部様の申される通り、その男の一番最近の騙りは、版元の吉三郎と名乗って、名もない絵師から金を騙し取っていたというのだ」

辰之助の言葉に、おりんは思わず声を出しかけた。

「並木宗園といううだつの上がらない絵師に、書画会を開かないかと持ち掛けて、十六両を騙し取ったというのだ」

辰之助の話に、おりんは声も出ない。

「そういえばおりん。この前叔父さんが何かの騙りに遭ったといっていたが、それはどうなったんだ」

「それは、なんとか片付いたようで」

おりんは金三郎の問いかけに、しどろもどろになった。

「しかし、金のある高名な絵師を騙すなら分かるが、どうして名もない絵師から騙り取るのかが不思議だ」

金三郎の疑念に答えることは出来るのだが、おりんは黙った。

「奉行所では近々、高札を立てて『並木宗園』に呼びかけをするつもりだ」

辰之助はそういう。

だが、うだつの上がらない名もない絵師の焦りを逆手に取った、『萩屋の吉三郎』の卑怯《ひきょう》な手口に引っ掛かった『並木宗園』が、おめおめと名乗り出るとは思えない。

無論、『並木宗園』が叔父の太郎兵衛だということは、おりんの口からは言えない。

金三郎と辰之助に辞去の挨拶をして揚屋を出ると、照り返しにおりんは眼を細め、手をかざして灼熱《しやくねつ》の日射しを遮った。

その途端、『萩屋の吉三郎』が捕らわれたことは、太郎兵衛には内密にしようと決めた。

第二話　幽霊坂の女

一

堀留《ほりどめ》二丁目界隈《かいわい》に朝日が降り注いでいる。

五月も中ごろになると日の出は早く、六つ半（七時頃《ごろ》）の日射《ひざ》しはまるで昼のように肌を刺す。建物の陰になっている『駕籠清《かごせい》』の庭から、駕籠舁《か》き人足に担がれた四手《よつで》駕籠が、次々に表の通りへ飛び出して行く。

「気を付けるんだよぉ」

おりんの横に立って、出て行く人足たちを見送っていた番頭のお粂《くめ》が、威勢のいい声を投げかけると、

「へぇい」

前棒《さきぼう》の音次《おとじ》と組んで行った新米の完太《かんた》から、声が戻ってきた。

「駕籠舁きは、人を乗せて慣れるしかねぇからね」

若い亀助《かめすけ》と並んで見送っていた人足頭の寅午《とらうま》が、ぽつりと口にした。

完太の〈初駕籠〉に少々難はあったが、それは担ぎ慣れれば克服できるのだと、寅午は言いたかったに違いない。

「おはようござい」

袖《そで》なしの羽織のような布を身に纏《まと》った伊助《いすけ》が、丸みを帯びた体つきに似合わぬ軽やかな足取りで庭に入り込んだ。

「おはよう」

おりんは、庭にいたお粂や寅午たちと共に、挨拶《あいさつ》の声を上げた。

「伊助の駕籠は、四つ半（十一時頃）くらいに出ればいいんじゃなかったのかい」

「そうなんだけどね、こう暑くちゃおちおち寝てられねぇから、起き出して来ましたよ」

お粂にそう返事をすると、伊助は藤棚《ふじだな》の下の縁台に腰を掛けた。

駕籠舁き人足が『駕籠清』に来る刻限というのは決まっていない。

その日、最初に駕籠を担ぐ刻限に間に合うように出て来ればいいことになっている。

だが、ほとんどの人足は朝からやって来て、庭や帳場で茶を飲んだり、煙草《たばこ》を喫《の》んだりして暇つぶしをするのがいつものことだった。

元は相撲取りだった伊助は、駕籠舁き人足になりたての頃より体つきはかなり細くなっているが、肩の肉や腕の太さに、往時の面影があった。

額にある二寸（約六センチ）ばかりの傷痕《きずあと》が愛嬌《あいきょう》のある丸顔と不釣り合いなのだが、新弟子の時分、小結に稽古《けいこ》を付けてもらった時に投げ飛ばされて出来たものだという。

「おや、昨日のうちに戻るはずの駕籠が一丁、見当たらないね」

帳場に戻りかけたお粂が足を止め、見ていた帳面から顔を上げて、庭の隅に置いてある一丁の駕籠に眼《め》を遣《や》った。

「あの駕籠は」

「五つ（八時頃）になったら、伝八《でんぱち》さんと神田の蠟燭屋《ろうそくや》に向かう駕籠です」

亀助は、お粂にそう言う。

「やっぱり、貸し駕籠が一丁戻って来てないよ、頭」

そういうと、お粂は急ぎ帳面を捲《めく》った。

通りに立って客を拾う辻《つじ》駕籠と違って、『駕籠清』は、大概が前々からの依頼によって動く。その日になって顧客からの依頼が来れば、空いている駕籠で対応する。

依頼の多少によって、その日は使わない駕籠も時にはある。

そんな空き駕籠を借り受けて、辻駕籠として稼ごうという、どこの駕籠屋にも属さない連中がいる。

そんな連中のために、半日三十文（約七百五十円）から丸一日五十文（約千二百五十円）で貸し出す。貸し賃は安いが、空いた駕籠をただで休ませるよりはましということだ。

「来てすぐにすまないが、伊助。亀助と二人して、貸した先に駕籠を引き取りに行っておくれでないかねぇ」

お粂が片手で拝むと、

「どこに行けばいいんでやしょ」

伊助が縁台から腰を上げると、その脇《わき》に亀助が並んだ。

「そう遠くはないんだ。銀座の東の、難波《なにわ》町《ちょう》裏河岸。『鬼松店《おにまつだな》』の権太《ごんた》さんを訪ねておくれ」

お粂が帳面を見て行先を口にすると、

「へい」

伊助と亀助は揃《そろ》って返事をし、表の通りへ飛び出して行った。

「頭、茶を淹《い》れるから中でお待ちよ」

「そりゃありがてぇ」

寅午は、腰に下げた煙草入れを外しながら、お粂に続いて帳場の土間へと足を踏み入れた。

しめた——庭から人がいなくなると、おりんは胸で快哉《かいさい》を叫んだ。

水浅葱《みずあさぎ》色の股引《ももひき》の上から子持ち格子の若葉色の単衣《ひとえ》を着たおりんは、袂《たもと》に落としていた鉤縄《かぎなわ》を取り出して、細縄を解く。

鉄の鉤に繋《つな》がった細縄を右手に持つと、体の脇でくるくると回し始めた。

目指すところはそれほど高くはないので、さほど強く回すことはない。

いち、に、さん、と数えて、四度目に細縄を手放すと鉤は空に向かい、井戸端に立つ桐《きり》の木の上方へと伸びて、枝に巻き付いた手応えがあった。

下で細縄を引っ張ってみたが、鉤は枝に食い込んでおり、外れる気遣いはない。

おりんの顔に笑みがこぼれた。

枝と枝の狭い隙間から鉤縄を通したうえに、その上方の枝に巻き付けるという技が、やっと今、出来たのである。

桐の木はいい稽古台なのだが、いちいち鉤を外さなければならないのが玉に瑕《きず》である。庭の隅に横に寝かせてある梯子《はしご》を抱えると、おりんは桐の木に立て掛けた。

高さ二丈（約六メートル）のところの枝に絡みついた鉤を外そうと、梯子に足を掛けた時、

「目だかぁ、金魚ぅ」

金魚売りの長閑《のどか》な声が、どこかへ遠のいていった。

四つ（十時頃）を過ぎた『駕籠清』には、依然、慌ただしさが残っていた。

帳場にはお条が着いており、土間の上がり框《かまち》には、寅午と伊助が渋い顔をして腰掛けている。

一刻《いっとき》（約二時間）前の五つには伝八がやって来て、待ちかねていた亀助と駕籠を担ぎ、神田の蠟燭屋へと飛び出して行った。

番頭のお条が慌てふためいているのは、難波町裏河岸に住む権太のもとに使いに遣った伊助と亀助が、手ぶらで戻ってきた時からである。

「『鬼松店』に行ったものの、権太さんがおりませんので、両隣りの住人に尋ねると、二晩も家を空けてるというじゃありませんか」

亀助と共に戻ってきた伊助はそういい、

「『駕籠清』の貸し駕籠も『鬼松店』には見当たりませんでした」

とも付け加えたことで、お条の眼は吊《つ》り上がったのだ。

帳場の事情を知った嘉平治《かへいじ》はすぐに、駕籠作りを生業《なりわい》とする『定岩《さだいわ》』へと急いだ。

駕籠を一丁、『駕籠清』に回してくれるようにと交渉に赴いたのが、半刻（約一時間）ほど前だった。

四つ半に寅午と伊助が担いで行く駕籠がなければ、顧客へなんと申し開きをすればいいのか。お粂の気懸りは、おそらくそのことに占められていた。

扉のない庭の木戸門から通りを窺《うかが》ったおりんの眼に、伊勢《いせ》町堀《ちょうぼり》の方から、前後を担がれてやって来る四手駕籠と、その脇に付いて歩く嘉平治の姿が飛び込んできた。

「駕籠が来たぁ！」

おりんが声を張り上げると、伊助を先頭に、寅午とお粂が庭へ飛び出してきた。

すぐに、駕籠を担いだ男二人と嘉平治が、通りから庭に入り込んだ。

「『定岩』の若い衆、助かったよ。井戸で汗でも拭《ふ》いて、中で休んでいってくれ」

嘉平治が声を掛けると、

「親方、お気遣いなく願います。あっしら、急ぎますんで、これで」

「そうかい。それじゃ、親方にくれぐれもよろしくな」

「へい」

男二人は、庭の一同に丁寧に腰を折ると、来た道へと取って返した。

「ああ。これで、昼からの駕籠はなんとかやりくりが出来るよ」

そういうと、お粂は大きくため息をついた。

「『定岩』の親方が、他所《よそ》の駕籠屋に作った分を、うちの焼き印を押して、こっちへ回してくれましてね」

「日ごろから、親方が『定岩』と誼《よしみ》を通じていたのが、こういう時に生きて来るんだな」

寅午が感心したように首を捻《ひね》った。

「思いもかけない出費になってしまったがね」

忌々《いまいま》しげな口を利いたお条は、

「頭、下に敷く座布団は土間の棚に幾つかあるから、いいのを選んでおくれ」

寅午にそう言い残して、すたすたと土間へと入って行く。

すると、表通りに姿を見せた、四十代半ばと、二十代の半ばと思《おぼ》しき男の二人連れが庭に入り込んできた。

「こちらは、『駕籠清』さんに間違いございませんか」

年かさの男が、丁寧な口を利いた。

「さようです」

嘉平治が返答すると、

「あっしは、下谷七軒町《したやしちけんちょう》でお上の御用を務めます、富治《とみじ》と申します。これは、下っ引きに使っております、倅《せがれ》の弥市《やいち》です」

富治は、伴っていた男を顎《あご》で指し示した。

「わたしは、『駕籠清』の主《あるじ》で、嘉平治ですが」

「それじゃもしかして、堀留二丁目の目明かしの嘉平治どんじゃございませんか」

「へぇ、ついこの間まで御用を承っておりましたが、今は娘に十手を譲りまして、後見を務めております」

嘉平治が頭を下げると、

「父の後を務めることになりました、りんでございます。どうか、御見知りおきを」

おりんは深々と腰を折った。

「ご丁寧に恐れ入ります」

富治が会釈をすると、弥市も倣って頭を下げた。

「実は今日こちらに伺ったのは、御用の筋でして」

富治は先刻よりも幾分、声を低め、二日前の夜に起きた人殺しについて話を始めた。

浅草御蔵《あさくさおくら》の西方、下谷七軒町にある三味線堀《しゃみせんぼり》で、駕籠舁き人足二人が斬《き》られ、一人は死に、背中を斬られたもう一人は医者の家に運ばれて生きてはいるものの、倒れた拍子に頭でも打ったものか、気を失ったままだという。

「それが、うちの駕籠舁きだとお言いで?」

嘉平治が訝《いぶか》しそうに口にすると、

「話は聞こえましたが、うちの人足は昨日も今日も、誰一人欠けちゃいませんがね」

帳場に戻っていたお条も庭に出て来て、腑《ふ》に落ちないという顔をした。

「番頭さんの言う通り、仕事に出て来た野郎どもは、みんなちゃんと両足がついてましたぜ」

寅午がそういうと、傍らの伊助も大きく頷《うなず》く。

「親分は、斬られた駕籠舁き人足がどうしてうちの者だと」

嘉平治が問いかけると、

「倒れていた二人の傍《そば》に残されていた四手駕籠の長棒に、『駕籠清』という焼き印がありましてね」

富治はそういうと、庭に留め置かれていた四手駕籠に近づいて、駕籠の前部に突き出している長棒の下部を覗《のぞ》き込み、

「ここに押してあるのと同じ焼き印です」

人差し指でさし示した。

嘉平治はじめ、お粂もおりんも声を失った。

富治が示した場所に焼き印があることは、『駕籠清』の一同はよく知っていることだった。

おりんと嘉平治は、一歩前を行く富治に続いている。

駕籠舁き人足二人が斬られた三味線堀に残されていた四手駕籠が、『駕籠清』のものだと分かった以上、事件に関《かか》わらざるを得なくなった。

二日前の夕方に空き駕籠を貸したのだが、今日になっても返って来ない——番頭のお粂がそう口にすると、富治は大いに興味を持ったのだ。

貸したのは、以前から付き合いのある難波町裏河岸、『鬼松店』の住人、権太だが、いつも組んでいる相棒は、日本橋久松町《ひさまつちょう》、『薊店《あざみだな》』の住人、仙吉《せんきち》だということもお粂は話した。

富治は下っ引きの弥市に、権太と仙吉の住まいを回り、顔見知りの者を連れて下谷七軒町に来るよう命じ、

「わたしはこれから下谷七軒町に戻りますが、お出《い》でになりませんか」

その申し出を受けたおりんと嘉平治は、富治と共に下谷へと足を向けていたのである。

浅草寺《せんそうじ》を参拝したことのあるおりんと嘉平治だが、大小の武家屋敷が軒を連ねる小道の奥に入り込むのは初めてのことだった。

浅草御蔵前から左へ道を折れ、浅草鳥越《とりごえ》へと進んだ先の小橋に至り、

「これが三味線堀です」

富治は、小川に架かる橋の上で立ち止まると、水を湛《たた》えた細長い堀を指し示した。

橋を渡ってすぐ、出羽久保田藩佐竹家《でわくぼたさたけ》の上屋敷に沿って右へ向かった富治は、堀の北端で再度足を止めた。

「斬られた駕籠舁き人足二人が倒れていたのは、この辺りです」

そう言って富治が示した場所は、大小の武家屋敷の谷間にある堀の西側の畔《ほとり》であった。

昼間でも人通りの少ない場所柄、日の落ちた夜ともなると、さらに人の往来は減ると思われる。

「残されていた駕籠は、この先の自身番に置いてありますので」

そういうと、富治は先に立って、武家屋敷に挟まれた小道を北へと向かう。

下谷七軒町の自身番は、三味線堀から二町（約二百十八メートル）ほど北に行った四つ辻の角、華蔵院《けぞういん》門前にあった。

玉砂利を踏んで框から中に入ったおりんと嘉平治は、

「これです」

先に立っていた富治が手で示した方を見た。

畳の間の奥の、板張りの三畳間に四手駕籠が置かれている。

「間違いなくうちのもんです」

長棒の下部を覗き込んで『駕籠清』の焼き印を確かめた嘉平治は、富治を向いて頷いた。

「生きていた人足は、華蔵院から少し離れた、浅草阿部川町《あべかわちょう》の白井蓮斎《しらいれんさい》という医者のところで寝ております」

そう口にした富治の案内で、おりんと嘉平治は、死んだ人足が安置されていた華蔵院を後にしていた。

斬り殺されていた人足が、隣りの寺に安置されていると聞いたおりんと嘉平治は、まずは、自身番から華蔵院へと足を向けたのだ。

人足の遺体は、本堂裏の、葉の繁《しげ》る大木の陰に建てられた物置小屋に横たえられていた。夏のこととて、遺体が傷まないよう配慮されていた。

富治が捲《まく》った筵《むしろ》の下には、日焼けした男の顔があった。

額の狭い、頬骨《ほおぼね》の突き出た男の眼窩《がんか》はくぼんでいた。年のころ三十前後だと思える男の腕には、賽子《さいころ》の彫り物があったが、おりんに見覚えはなかった。

「おれは、見たことのない顔だな」

そう呟《つぶや》いて、嘉平治は小さく首を横に振った。

貸し駕籠を差配していたのはもっぱら番頭のお粂だったから、『駕籠清』の主とはいえ、嘉平治に見覚えはなくても不思議ではない。

華蔵院を出て、角を三つ曲がった先に浅草阿部川町があった。

「白井蓮斎先生の家は、この奥の中通ですから」

浅草阿部川町を東西に横切る小路に出ると、医者の名を口にした富治は四つ辻近くの小ぶりな門を潜《くぐ》った。

「先生、富治です」

平屋の建物の戸口に立った富治は、声を掛けただけで戸を開け、

「どうぞ、中に」

おりんと嘉平治を促すと土間を上がり、ずかずかと奥へと進む。

廊下の突き当たりには日当たりのいい庭に面した縁があった。

「先生」

富治が声を張り上げたが、どこからも答えはない。

「ま、いいや。こちらへ」

富治は先に立って、縁側に並んだ二つの部屋の奥の一間に入り込む。

おりんと嘉平治も続いた部屋には、総髪を後ろで束ねた若い男が、眼を閉じて薄縁《うすべり》に横になっている姿があった。

「こちらの顔は」

「いえ」

おりんが首を横に振ると、嘉平治も相槌《あいづち》を打った。

「先生、弥市です」

表の方から、聞き覚えのある声がした。

「こっちだ」

富治が声を張り上げると、ほどなく、五十ばかりの老爺《ろうや》を伴った弥市が現れた。

「権太さん」

横になっている男を見るなり、老爺は名を呟いて枕元《まくらもと》に座り込んだ。

「こちら、『駕籠清』さんで話を伺った、難波町裏河岸の『鬼松店』の大家さんです」

「この男が、『鬼松店』の住人の権太かい」

富治の問いかけに、老爺はこくりと頷いた。

「ここに来る前に華蔵院の死人を見てもらいましたが、権太と組んで駕籠を担いでいた仙吉という男だそうですよ」

弥市の言葉に相槌を打つように、老爺は無言で頷いた。

おりんと嘉平治は、声を失っていた。

雇い人ではないものの、『駕籠清』の駕籠を担いでいた人足二人が斬られたということは、いささか不気味であった。

二

日が西に傾いた七つ半（五時頃）という頃おいである。

西側の二階家の料理屋、北側の経師屋《きょうじや》の建物が西日を遮るので、『駕籠清』の帳場は早々に翳《かげ》る。

だが、東と南にある土間の出入り口を開けっ放しにしていると、近隣の家々の壁や屋根瓦《がわら》の照り返しが飛び込んで来るお蔭《かげ》で、家の中に明かりをともすほどの暗さはない。

帳場の机に着いたお粂が帳面を見て読み上げる数字を、近くに座った嘉平治が算盤《そろばん》に入れている。

駕籠舁き人足の姿のない土間の框に腰掛けたおりんは、算盤玉の弾《はじ》かれる音を聞きながら、軽く油を沁《し》み込ませた布切れで鉤を付けた細縄を扱《しご》いていた。

何度か使うと、細縄が毛羽立って滑りが悪くなるので、時々の手入れは欠かせない。

おりんと嘉平治が、下谷七軒町から戻って来たのは一刻ほど前だった。

三味線堀で斬られた二人の人足の身元が判明したことを、土地の目明かし、富治は北町奉行所に知らせ、おりんはその後の指示を待つことになったのである。

「締めて、二分と二朱二百二十一文（約六万八千二十五円）」

算盤を弾き終えた嘉平治の声を聞いたお粂は、

「せめて、あと一分なり二分なり実入りがあればいいんだがねぇ」

大げさにため息をついて、帳面に書き込む。

その時、庭に入り込んだ二人の若い衆が、担いでいた四手駕籠を下ろすと、

「下谷七軒町の富治親分に言いつかって、駕籠を届けに参りました」

一人の若い衆が家の中に顔を突き入れて、告げた。

「わざわざ恐れ入ります」

土間に下りたおりんが礼を言い、「茶でも呑《の》んでお行きなさいまし」とも声を掛けたが、帰りを急ぐと返事をして、若い衆は揃って表へと駆け去って行った。

「富治親分によろしくお伝えを」

庭に飛び出したおりんが声を投げかけると、若い衆から「へぇい」という答えが返ってきた。

「この駕籠かい」

嘉平治とともに庭に出て来たお粂が、片手で長棒をさすりながら、ため息を洩《も》らした。

「幸い、血の痕はありませんから、一度掃除したら、明日から使えますよ」

嘉平治の言葉に小さく頷くと、

「権太さん一人でも生きてててくれて、よかったよ」

お粂は、珍しく神妙な声を洩らした。

「おりんさん」

表通りから現れたのは、堀留一丁目の自身番に詰めている瀬戸物屋の主だった。

「たったいま、同心の磯部《いそべ》様がお出でになり、御足労願いたいと申しておられます」

「すぐに行きます」

そう答えて、おりんは、両手で襟元を直す。

「それではお先に」

軽く会釈をすると、瀬戸物屋は庭を出て右へと向かった。

「行って来る」

おりんが行きかけると、

「それじゃおっ義母《か》さん、おれも番屋へ」

嘉平治の声がした。

「どうして嘉平治さんも行かなくちゃなんないんですかねぇ」

お粂から冷ややかな声が飛んだ。

「うちの駕籠を貸した二人が斬られた因縁もあるし、おりんの後見でもありますから、顔を出さねぇわけにはいきませんよ」

　嘉平治は、いかにも困ったような顔つきをして庭から通りへと出た。

　堀留一丁目の自身番は、堀江町入堀の北端を東西に延びる通りに面した一角にある。『駕籠清』からはほんの一町（約百九メートル）ほど西に位置している。

「下谷七軒町に行って、寺の死人と医者の家で眠り続ける怪我人《けがにん》を見てきたところだよ」

　おりんと嘉平治が自身番の畳の間に上がるなり、北町奉行所の同心、磯部金三郎《きんざぶろう》は伝法な物言いをした。

　傍に控えていた若手の同心、仙場辰之助《せんばたつのすけ》は、微《かす》かな会釈をしただけである。

「白湯《さゆ》ですが」

　瀬戸物屋の主がお盆に載せていた湯呑《ゆのみ》を、四人の前に置くと、隅に控えた。

「仏の傷口を見たが、あれは刀傷だな」

「へぇ」

　嘉平治は、金三郎に頷き返した。

「首元から右わき腹まで一気に斬り下げているところを見ると、剣術の心得のある太刀筋だ」

金三郎はそう言いながら、自分の左の首下に伸ばした右手を右わき腹の方へと斜めに斬る仕草をして見せた。

「生き残った権太は気を失ったままですのでなんとも申せませんが、刀を使ったのが侍だとすると、いささか厄介なことに」

「厄介というと」

おりんは、嘉平治の言葉の途中で口を挟んだ。

「遺恨による凶行ではなく、刀の切れ味を試すただの辻斬りだとすると、下手人に結びつく手がかりはないのも同然と思わぬか」

おりんの疑念に答えた辰之助の物言いには、嘲《あざけ》るような響きが込められているように感じられた。

「かといって、食い詰めた浪人とも思えん。駕籠舁き人足の僅《わず》かな稼ぎを狙《ねら》ったというのも妙だ。刀を抜いて銭金を脅し取れば済むものを、ご丁寧に、どうして斬りつけたのかが、ちと気になる」

軽く息を吐いた金三郎は、思案でもするように天井を向く。

「やはり、『駕籠清』と知っての上での凶行ではありませんか。焼き印もついていたと言いますし」

「でも、焼き印は長棒の下側ですし、夜だと人の目に触れるとは思えませんが」

辰之助の意見に、おりんは、丁寧な物言いで返答をした。

『駕籠清』の駕籠には、夜間、名入りの小田原《おだわら》提灯《ぢょうちん》を下げるのだが、貸し駕籠に使わせることはなかった。

「二年半ほど前、嘉平治は神田明神《かんだみょうじん》の祭礼の夜、何者かに脚を刺されたと、以前、磯部様から伺ったが」

「さようで」

嘉平治は、辰之助に向かって頷いた。

「そのような恨みを持つ者が、またしても、嘉平治の営む『駕籠清』の人足を狙ったということはあるまいか」

「仙場様。お言葉ではございますが、わたしの脚を刺した男は、人足を斬るような、回りくどいことをするとは思えません。わたしを狙うなら、他の者に眼は向けず、わたし一人に狙いを定めて切っ先を突き立てるはずだと思っております」

淡々とだが、嘉平治は確信を持ってそう申し述べた。


権太と仙吉に貸していた駕籠が『駕籠清』に戻されてから、二日が経《た》っていた。

五月十五日のこの日は、大相撲の夏場所が始まるというので天候が心配されたが、朝から雲は広がっていたものの、雨の降る気配はなかった。

梅雨《つゆ》時と重なる夏場所は、雨天順延が度重なることは珍しくなく、千秋楽が六月にずれ込むこともあったと聞いている。

おりんは、下っ引きの弥五平《やごへい》とともに、陽気に拘《かか》わらず賑《にぎ》わいを見せる堺町《さかいちょう》、葺屋《ふきや》町《ちょう》の芝居町を通り過ぎた。

『駕籠清』の藤棚の下で、おりんが人足頭の寅午や完太、たまたま立ち寄った弥五平と、貰《もら》い物の西瓜《すいか》を食べていると、

「寝込んでいた権太がなんとか話を出来るようになりましたので、家に送り届けた帰りです」

下谷七軒町の目明かし、富治の下っ引きを務める弥市が立ち寄って、そう告げたのは、九つ（正午頃）を四半刻（約三十分）ばかり過ぎた時分だった。

二人の駕籠舁き人足が三味線堀で斬られた一件を弥五平に話したおりんが、権太に会いに行くというと、

「あっしもお供しますよ」

そう申し出た弥五平共々、おりんは難波町裏河岸の『鬼松店』へ向かったのである。

芝居町を過ぎ、銀座の東側の丁字路を左に曲がると、堀に沿った道が、住吉町《すみよしちょう》裏河岸から難波町裏河岸へと続いている。

土地の者に尋ねると、『鬼松店』はすぐに分かった。

木戸を潜って井戸端に進み、乾いた洗濯物を取り込む年増《としま》の女房に権太の家を聞くと、

「左の棟の一番奥だよ。たった今、大家さんが水を汲《く》んで行ったばっかりだ」

二棟が向かい合った五軒長屋の左側を指差した。

「堀留で御用を務めます、目明かしのりんと申します」

開いた戸口から声を掛けると、

「どうぞ」

中から、しわがれた声がした。

弥五平とともに、畳半畳ほどの土間に足を踏み入れると、戸口の方に顔を向けて横になった権太の首筋を拭いてやっていた老爺が、ゆっくりと顔を向けた。

頭を下げた老爺は、二日前、浅草阿部川町の医者の家で見かけた大家である。

「さっき、下谷七軒町の富治親分の下っ引きから、気が付いたと聞きましたので、権太さんに話を聞けたらと、こうして」

おりんが、ことを分けて話すと、

「『駕籠清』のおりんさんの顔は、以前、何度かお見かけしております」

薄縁に横になったままの権太が、弱々しい声ながらも、顔を微かに動かして会釈をした。

「三味線堀でなにがあったのか、話してもらえますかね」

弥五平と並んで框に腰を掛けすぐ口にすると、

「へぇ」

権太は、掠《かす》れるような声を出して、小さく頷いた。

そして、四日前の五月十一日の夕刻、相棒の仙吉と、上野広小路《うえのひろこうじ》、仁王門前町《におうもんぜんちょう》の一《いち》膳飯屋《ぜんめしや》で使いが来るのを待っていたと、話を切り出した。

「使いというと」

弥五平の問いかけに、

「去年の師走《しわす》から、月に二度は、おれらの駕籠を呼んでくれる武家の奥方がおります。年のころ二十六、七ですから、娘ということはありますめぇ」

権太は息も切れ切れに答え、さらに、顔だけは分かるが、名も住まいも一切知らない客だとも付け加えた。

最初は、不忍池《しのばずのいけ》の近くで客待ちをしていた時に、駕籠が入用だという出合茶屋の下女に声を掛けられた。

その時乗せた武家の奥方から、今後、月に二度、駕籠を頼むと持ち掛けられたのだと打ち明けた。

上野で待つときは、仁王門前町の一膳飯屋で、柳橋《やなぎばし》の時は浅草茅町《かやちょう》の茶店で待つという取り決めになっていたという。

「その奥方はどうして、月に二度、決まって上野と柳橋に行く用事があるんだい」

おりんが訝ると、

「上野の不忍池には出合茶屋がありますし、柳橋には船宿がありますから」

権太の答えの意味が分からず首を捻ったおりんだが、それも一瞬のことで、すぐに、

「あぁ」

と、声を出して頷いた。

不忍池畔に軒を並べる出合茶屋や大川端の船宿は、男女の逢瀬《おうせ》の場を供していることを、以前から耳にしていた。

決められた日の午後、権太と仙吉が決められた場所で待っていると、出合茶屋なり船宿の使いがやって来て、『お帰り』だと告げるのが、いつものことだったと権太は打ち明けた。

武家の奥方が権太と仙吉の駕籠を使うのはもっぱら帰りだけで、どうやって上野や柳橋に行くのかは皆目わからないという。従って、逢瀬の相手がどんな人物かも眼にしたことはなかったようだ。

出合茶屋や船宿の戸口でその奥方を乗せるのは、大概、八つ半（三時頃）という時分だったと、権太はいう。

日が落ちる前に、昌平橋《しょうへいばし》の南詰に送り届けるのが常だった。

「駕籠を下りたら、翌月の迎えの日にちと、上野か柳橋のどちらで待つのかをおれらに告げて、幽霊坂《ゆうれいざか》を上がって行くんですよ」

権太のいう幽霊坂を、おりんは知っている。

神田川に架かる昌平橋と筋違橋《すじかいばし》の南側には、火除地《ひよけち》にもなる八辻原《やつじがはら》がある。

八辻原に面した若狭小浜《わかさおばま》藩、酒井《さかい》家上屋敷の北側に坂道があり、謂《いわ》れは分からないが、幽霊坂と呼ばれていた。

「だもんで、その奥方が坂を上ってどのお屋敷に入って行くのか、見たこともねぇんですよ」

そういうと、権太ははぁと息を吐いた。

幽霊坂を上った先は、駿河台《するがだい》や小川町《おがわまち》、さらには飯田町《いいだまち》へと通じ、多くの大名家や旗本の屋敷がひしめく一帯となっているから、駕籠を下りた奥方の行先など見当もつくまい。

「先月の末、駕籠を下りた奥方は、いつもと違ってました。翌月の駕籠は、十一日だけでいいと言ったんですよ。待ち合わせの場所も、上野や柳橋じゃなく、下谷七軒町の三味線堀に夜の五つに来てくれと」

武家の奥方にそう言われていた権太と仙吉は、四日前の五月十一日、『駕籠清』で借りた四手駕籠を担いで、夜の三味線堀へと向かったのだと口にした。

出羽国久保田藩、佐竹家の上屋敷を回り込んで三味線堀に着くと、駕籠を下ろして待った。近隣の常夜灯の明かりも微かにあり、月は雲に隠れていたものの真っ暗ではなかった。

そこへほどなく、菅笠《すげがさ》を目深《まぶか》に被《かぶ》った袴《はかま》姿の侍が、暗がりの向こうに現れた。

「仙吉はどちらだ」

菅笠の侍に問われて、前棒に凭《もた》れていた仙吉が「おれだが」と答えた。

すると、いきなり刀を抜いた侍が足早に近づき、仙吉を袈裟《けさ》懸《が》けに斬った。

「おれはすぐに逃げにかかったが、背中に痛みが走ってつんのめって、地べたに倒れたところまでしか、覚えがねぇんですよ」

横向きのまま、掠れた声でそういうと、権太ははぁと、切なげに息を吐いた。

「侍は、仙吉さんの名を口にしたんだね」

「へぇ。確かに」

権太は、弥五平にそう返事をした。

「お前さんと仙吉さんに、なにか、恨みを買うような心当たりはあるかい」

弥五平の問いかけに、権太はしばらく思案を巡らせていたが、

「なにも」

ゆっくりと首を横に振った。そして、

「おりんさん。仙吉は、死んじまったんだねぇ」

「あぁ」

おりんには、その一言しか、返す言葉がなかった。

「今日のところは引き揚げるけど、なにか思い出したら、使いを立てて知らせてもらいたいんだけどね」

腰を上げたおりんの頼みに、

「へい」

権太は小さく頷いた。

三

堀江町《ほりえちょう》入堀《いりぼり》の水面《みなも》で西日が揺れている。

堀沿いの蔵地や岸辺の船着き場には、既に仕事を終えた小船が幾艘《そう》も繋がれていた。

日本橋川の方から、どこかへ荷を下ろしたのか、空のひらた船が二艘、前後して戻って来るのが見える。

権太に会いに行ったおりんは、夕刻から四文屋の仕事に取り掛かる弥五平と難波町裏河岸で別れると、その足を八丁堀《はっちょうぼり》へ向けた。

体の衰弱と刀傷を背中に受けた痛みもあり、やっとのことで話を聞けたのだが、権太の声は弱々しく間延びをし、一刻半もの時を要してしまった。

おりんは、同心、磯部金三郎の役宅を訪ねて、権太から聞いた話を、一刻も早く伝えようと思った。

もし留守ならば、恒例とも言える、朝の挨拶に赴く明日に日延べするつもりだったが、金三郎は非番で、亀島町《かめじまちょう》の役宅にいた。

そこで、権太から聞いた一切を話し終えて、堀留に戻ってきたのである。

「お帰り」

おりんが『駕籠清』の土間に足を踏み入れると、お粂から声が掛かった。

帳場の机を離れていたお粂は、嘉平治や人足の巳之吉《みのきち》、それに煙管《きせる》を手にした寅午らが車座になっている板張りで、帳面を広げていた。

「権太からなにか聞けたのか」

嘉平治に聞かれたおりんは、板張りに腰を掛けると、金三郎に話した内容をかいつまんで伝えた。

すると、お粂が、

「ほら、わたしがいま口にした通りだよ。権太と仙吉がうちの駕籠を借りに来るようになって一年になるけど、去年の師走くらいから様子が変わってきてるんだよ」

開いていた帳面をぽんぽんと掌《てのひら》で叩《たた》く。

「なにが変わったというの」

「駕籠の借り方だよ」

お条は、おりんに秘密めかした物言いをした。

初手は、朝早くから日暮れ前までの空駕籠を借りていたのだが、師走あたりからは、昼を過ぎてから借りに来ていると言って、帳面を指した。

『駕籠清』に空駕籠がない時は、他所の駕籠屋からも借りていた権太と仙吉だから、一概には決められないが、少なくとも、『駕籠清』からの借り方には変化があったのだ。

「それはどうやら、権太と仙吉が、武家の奥方から贔屓《ひいき》にされた時分と重なるねぇ」

そういうと、嘉平治は自分の頬を、片手でつるりと撫《な》でた。

「とすると、どういうことなのさ」

草履を脱いで、おりんは板張りに上がり込んだ。

「それはつまりさ、お武家の奥方という御贔屓を摑《つか》んで実入りがよくなったから、あくせく仕事しなくてもよくなったってことじゃねぇのかなぁ」

両手を後ろに突いて顔を天井に向けた巳之吉は、最後の方は、まるで謡《うた》うように声を張り上げた。

「とすると、その奥方を乗せる駕籠賃は、一朱（約六千二百五十円）や二朱じゃ利かねぇかもしれねぇな。船宿や出合茶屋からの帰りということだと、世間を憚《はばか》る逢引《あいび》きだろうから、一分（約二万五千円）ってこともなくはねぇ」

そういうと、寅午は煙草の煙を鼻の穴から噴き出した。

「昔、おれが辻駕籠を担いでた時分、世を憚る相手と逢引きしている客を強請《ゆす》って、甘い汁を啜《すす》っていた野郎がいたよ」

「巳之吉さん、世を憚るって、どんな相手なの」

おりんは、思わず身を乗り出す。

「商家のお内儀が、旦那《だんな》に隠れて役者と遊んだり、奉公人が主の女房と逢引きしたりと、世の中、憚ることがいろいろとあるからさぁ」

「巳之吉さん、おりんにそんなこと教えなくったっていいよ」

「お祖母《ばあ》ちゃん、あたしは目明かしになったんだよ。世間を知らなきゃ、御用は務まらないんだよっ」

おりんは、お粂に抗議の意を示そうと、両手を膝に置いてぐいと背筋を伸ばした。

「しかし、三味線堀に現れた侍は、なんで仙吉の名だけを口にしたんだい」

嘉平治の口から、ふと、呟きが洩れた。

それについては、その場にいた誰《だれ》もが、ただ、首を傾《かし》げるだけだった。

おりんが難波町裏河岸の『鬼松店』に向かうのは、一昨日以来である。

昨日、梅雨入りをしたのかと思うような雨が朝から降り出したが、夕刻には止《や》んだ。

今朝は、日の出と共に二丁の駕籠が飛び出して行ったのが、『駕籠清』の仕事の始まりだった。

その後、番頭のお粂に行先の確認や指図を受けた駕籠が、間を置いて次々と飛び出して行った。

そのたびに、お粂を手伝っていたおりんは、

「気を付けて」

大声を張り上げて、駕籠舁き人足たちを送り出した。

五丁の駕籠が次々に出て行って、『駕籠清』の帳場や庭に落ち着きが戻ったのは、五つ半（九時頃）という頃おいだった。

「権太が、おりんさんに話したいことがあると言ってます」

『鬼松店』の住人だという羅宇屋《らうや》が『駕籠清』の庭に現れて、権太に言付かったという用件を告げた。

「行って来るよ」

おりんはお粂に断りを入れると、急ぎ『鬼松店』へと足を向けたのだった。

「権太さん、りんだけど」

権太の家の戸口で声を掛けると、

「どうぞ」

権太の声は、一昨日会った時より、幾分張りがあった。

「ごめんなさいよ」

戸を開けて、おりんは土間に足を踏み入れた。

「歩ければ、こっちから『駕籠清』に行くんだがね」

両足を伸ばしている権太は、畳んだ薄縁を両肩に背負い、上体を板壁にもたれさせていた。

「起きていていいのかい」

「こうやって、背中の傷口が当たらねぇようにしてると、大分楽だよ」

「話があるということだけど」

小さく笑った権太に向かってそういうと、おりんは框に腰を掛けた。

「ゆんべ、うつらうつらしてた時、ふっと思い出してね」

権太が切り出したのは、相棒の仙吉のことだった。

月に二度、武家の奥方を幽霊坂まで乗せて行くようになって三月が経った二月ごろから、仙吉の懐具合がよくなっているらしいことに気が付いたというのだ。

「飲み屋に行っても、払いはいつもは二人で出してたのが、その時分から仙吉が払ってくれたし、岡《おか》場所の遊び代まで持ってくれることもあったんだよ」

『駕籠清』などから空駕籠を借りて仕事をする権太と仙吉は、稼ぎの取り分はいつも半々だから、二人の実入りは同じである。

一人の取り分は月によって違うが、均《なら》せば、月に二分（約五万円）くらいになる。

そこから、ひと月五百文（約一万二千五百円）の店賃を払うとなると、相手の飲み代まで払う余裕はなくなる。

にも拘わらず、二月ごろから最近まで、仙吉は権太の飲み代も持ってくれたという。

「それでふと思ったんだが、もしかしたら、仙吉は金づるを摑んだんじゃねぇのかってね」

「というと」

「例の、幽霊坂を帰って行くお武家の奥方とか」

権太は声をひそめた。

奥方が出合茶屋や柳橋の船宿で逢瀬を重ねる男は不貞の相手と見て、仙吉は強請をかけたということなのだろうか。

しかし、その奥方がどこの誰だか分からなければ、強請ったり脅したりなどは出来ないはずだ。

おりんが、そんな疑念を口にすると、

「今年になってからだが、仙吉が奥方の後を追って幽霊坂を上ったことがあったんだよ」

権太はさらに声をひそめた。

幽霊坂の奥方に限らず、客を下ろしたあとは、忘れ物落し物がないか、駕籠の敷物の上も下も探すのだという。

「今年の二月、下りた奥方が落とした漆塗りの笄《こうがい》を見つけた仙吉が、後を追って行ったんだ」

だが、しばらくして戻ってきた仙吉は、権太に笄を見せて、

「奥方を見失ってしまった」

と話した。

「仙吉の金回りがよくなったのは、そのことがあってからなんだよ。その挙句に、ついこの前、端午の節句の日に言いやがったよ。雨風の時は稼ぎの覚束《おぼつか》ない駕籠舁き稼業なんかやめて、なんでもいいから、表通りで商いをやりてぇなんてさぁ。小店を開くにも元手が要るし、仙吉の野郎は金づるを摑んだにちげぇねぇと、そん時思ったんだよ」

権太の話を聞いて、おりんは胸の内で小さく唸《うな》った。

小商いをしたいという思いを口にしてから数日後、権太とともに三味線堀に行った仙吉は斬り殺されたことになる。

おりんは、先日、『駕籠清』で耳にした巳之吉の話を思い出した。

世を憚る逢瀬を重ねた奥方を強請った末に仙吉は殺されたという推量も、出来なくはないのだ。

「実はね、もう一つ思い出したことがあったんですよ」

権太は、依然として声をひそめ、

「三味線堀で刀を抜いた侍の着物の胸に、紋所があるのを見たんだよ」

と、続けた。

「暗がりだというのに、よく見えたね」

「雲に隠れていた月がすっと出たんだよ。満月まであと何日かって頃合いの月がさ」

「その紋所は」

「〈二重亀甲《きつこう》〉か〈六角〉のどっちかなんだが、それをこっちだと、はっきりそう言いきれねぇのが、悔しいね」

口では悔しいというものの、権太の口ぶりには自信のほどが窺えた。

午後の日射しは熱を帯びている。

『駕籠清』の庭の藤棚の日陰や、井戸端に立つ桐の木の陰も、幾分かは凌《しの》げるが、まとわりつく暑さには閉口する。

この時期は、日の射さない家の中の方がかえって涼やかだ。

東向きのおりんの部屋に午後の日は射すことはなく、そよ風が通り抜けるだけでも心地よい。

権太の家から戻ったおりんは、井戸水に濡《ぬ》らした手拭《てぬぐ》いを絞って二階の自室に上がり、首や胸や腋《わき》の下を拭いて、汗に濡れた肌着を着替えたばかりだった。

濡れた手拭いを窓の手摺《てすり》に掛けると、おりんは階段を下りた。

「お父《と》っつぁんは遅いね」

帳場に着いていたお粂に声を投げると、

「新調した駕籠の代金を払いに『定岩』に行ったついでに、あちこち回ってるんじゃないのかね。ほら、十手をお前に渡したもんだから、のんびり羽を伸ばしてるに違いないよ」

まるで、そしるような言葉が返ってきたが、そんな物言いはいつものことだから、おりんはあっさりと聞き流した。

午前中に権太から聞いた内容は、目明かしから退《ひ》いた嘉平治にも話をして、今後の動き方の相談をしようと目論《もくろ》んでいたのである。

「ごめんなさい。本日、自身番に詰めております、喜左衛門《きざえもん》と申しますが」

戸の開け放たれた『駕籠清』の土間に、体つきの小さな老爺が入って来て、

「北町奉行所の磯部様が、目明かしのおりんさんがお出でになれば、自身番に御足労願いたいと申しておられます」

「承りました」

喜左衛門に返答したおりんは、急ぎ身支度に取り掛かった。


十手を帯に差し、袂に鉤縄を忍ばせたおりんが、自身番の上がり框から中に入った。

日陰になった三畳の畳の間に、団扇《うちわ》で顔を煽《あお》ぐ磯部金三郎と仙場辰之助が胡坐《あぐら》をかいていた。

「早速だがね」

いきなり口を開いた金三郎は、駕籠舁き人足が三味線堀で斬られた件をおりんに任せたいと切り出した。

「下谷七軒町の目明かしの富治は、昨夜、御蔵前の酒屋に押し込んだ盗賊の探索に関わることになったもんで、三味線堀の一件は、初手から関わったおりんに頼みたいと、そういうんだよ」

「磯部様。このあたしでよろしいんでしょうか」

「斬られた人足は、『駕籠清』と関わりのある二人だということだし、ひとつ頼むよ」

「承知いたしました」

おりんは手を突いて金三郎の申し出を受けると、早速ですがと、二日に亘って権太から聞いた話を、洩らさず告知した。

「なるほど」

そう口にした金三郎の声は、気のせいか、重く感じられた。

「ともかく、その人足が、〈一重亀甲〉か〈六角〉という紋所に眼を留めたのは、上出来と言えましょう」

辰之助にしては珍しく、感心したようにうんうんと頷いた。

「その紋所がどんな形をしているか、お教え願えませんでしょうか」

「うむ」

辰之助は、伺いを立てたおりんに向かって頷くと、部屋の隅に置いてある文机《ふづくえ》に着いた。

懐紙を一枚文机に置くと、硯《すずり》箱の筆を執り、紙になにやら書き始めた。

自身番には、当番の者が日々の出来事を記帳するための硯箱が、つねに備えられていた。

「これが〈六角〉で、こっちが〈一重亀甲〉だ」

辰之助が、紋所の図柄を二つ描《か》いた紙をおりんの前に置いた。

「〈六角〉は、角を下に描いてあって、線がやや細い。しかも、元来、亀甲紋というものは二重を原則とするのだが、〈一重の亀甲〉になると、このように線がやや太くなるのだ」

辰之助が示した通り、〈一重亀甲〉を描いた墨の線は、六角の線よりも、心持ち太く見える。

「しかし、このふたつの紋所は特段珍しいものではないゆえ、何者かということも、どこのご家中の者かなどを知る手掛かりにはなるまい」

そう口にした辰之助は、おりんに向けていた眼を、金三郎へと移した。

「辰之助の言う通りだが、手掛かりを探る手立ては、僅かだが、ある」

金三郎のその言葉に、おりんは思わず眼を見開いた。

「二人の人足を斬ったのが武家勤めの侍なら、腰に差す刀の始末には気を遣うはずなんだ。血の曇りなら己でもなんとか出来るだろうが、もし刃こぼれがあれば、研屋《とぎや》に出すしかないんだよ。いや、仙吉の肩や胸の骨、権太の背中を斬った刀なら、少なからず刃こぼれを起こしていても不思議ではない。どうだ、辰之助」

「は。同役の久保田《くぼた》さんに聞きましたところ、名刀のことは知らんが、我らが差している刀なら、刃《やいば》を交えたり人を斬ったりすれば、少なからず刃こぼれはあると申しておられました」

「それでな、幽霊坂近辺と三味線堀近辺の研屋に、刃こぼれを起こした刀を持ち込んだ者があれば知らせるようにと、通達しておいたよ」

金三郎の物言いには、まるで世間話でもするような軽さがあった。

「恐れ入りました」

おりんは、思わず両手を突く。

「ほほう、恐れ入るとは、何ごとだ」

「刀のことについての手配りなど、お武家のことに疎いあたしには、到底、及びのつかないことでございました」

腹の底から感心して、おりんはさらに深く、頭を下げた。

四

大川の流れは相変わらずゆったりとしている。

時々、下ったり遡上《そじょう》したりする荷船の波を受けて、対岸を目指す渡し船は揺れるが、それも案外心地がよい。

御厩《おうまや》河岸之渡《がしのわたし》は、大川の東岸にある本所《ほんじょ》から、対岸にある浅草御蔵の北側の河岸を結ぶ渡である。

おりんは、下っ引きの弥五平とともに南本所から渡し船に乗り込んでいた。

「おりんさん、朝餉《あさげ》は済ませたんで？」

「あぁ。八丁堀からの帰りに、一度堀留に立ち寄って湯漬けを腹に収めて来たよ。弥五平さんは」

「あっしは、六つ半にはとっくに食い終えてました」

弥五平は、小さく笑みを浮かべた。

川風が顔を撫でて、熱い日射しを幾分か和らげてくれる。

刃こぼれのある刀が持ち込まれたら知らせるように――そんな通達を研屋に出したと、金三郎から聞かされた翌々日の朝である。

この日の朝、いつものように八丁堀の磯部家へ挨拶に赴いたおりんは、

『浅草真砂町《まさごちょう》の研屋に、刃こぼれした刀を持ち込んだ侍がいる』

という知らせが昨日もたらされたと、金三郎から聞かされた。

研屋の調べを言いつかったおりんは、弥五平を伴うことにした。

父の嘉平治の下で、長年に亘って下っ引きを務めていたから、調べに関しては自分より長《た》けている弥五平は、大いに頼りになるのだ。

それで、弥五平の住む本所尾上町《おのえちょう》を回って、御厩河岸之渡から対岸へと向かったのである。

浅草真砂町は、浅草本願寺《ほんがんじ》からほど近い所にあった。

二つの大名家の上屋敷と中屋敷が境を接して立ち並ぶ北西の一角が真砂町となっており、刀の件を届けた研屋、『刀仙堂《とうせんどう》』の入口は金竜寺《きんりゅうじ》門前の向かいにあった。

開いていた表戸から土間に足を踏み入れると、半白髪の髪を後ろで束ねて垂らした小柄な男が、白木の鞘《さや》に短刀を納めたところであった。

「北町奉行所の同心、磯部様の御用で立ち寄った者だが」

弥五平の声に振り向いた男に、

「堀留で御用を務めるりんという者です」

おりんが腰の十手に手を掛けて見せた。

「わたしは、『刀仙堂』の藤右衛門《とうえもん》と申します」

土間の近くに膝を揃えて、藤右衛門は軽く頭《こうべ》を垂れ、

「どうぞ、おかけ下さいませ」

おりんと弥五平に、框を手で指し示した。

半身になって框に腰を掛けるとすぐ、

「研ぎを頼んだ侍を、藤右衛門さんはご存じで？」

弥五平は、店内を見回しながら、穏やかな声で話しかけた。

「ええ。以前も、御屋敷の同じご家来に頼まれたと言って刀を持参されたことがありましたもので」

藤右衛門によれば、三日前に刀を持ち込んだのは、御書院番《ごしょいんばん》を務める千五百石の旗本、滝川長左衛門《たきがわちょうざえもん》家の原田要輔《はらだようすけ》という、年のころは二十七、八の小納戸役《こなんどやく》であった。

滝川家は、『刀仙堂』からは西方にある新堀川《しんぼりがわ》の西岸に屋敷があるという。

新堀川の西岸には、御徒大縄地《おかちおおなわち》や御書院与力同心の大縄地があり、一帯は殆《ほとん》どを武家屋敷に占められているらしい。

「お役人様のお話ですと、なんでも、とあるお屋敷から盗み取られた刀をお捜しと伺いましたが、原田様から預かったものは、そのような謂れのある刀とは思えませんが」

そういうと、藤右衛門は笑みを浮かべた。

金三郎は、人を斬り殺した刀を捜していることは秘して、研屋に通達していたようだ。

「戦の絶えて久しい太平の世ですから、お武家様からの研ぎを頼まれることは滅多にございません。ただ、うっかり錆《さ》びさせてしまい、慌てて研ぎをと持参なさるくらいでして。わたしどもに持ち込まれるのは、刀集めを楽しみにしておいでのお武家のご隠居ですとか、骨董屋《こっとうや》さんや献残屋《けんざんや》さんくらいなものでして」

藤右衛門は、膝に置いた手を揉《も》み合わせた。

「その、三日前に持ち込まれた刀を見せてもらうことは出来ませんかね」

小さく腰を折ったおりんが、見上げるようにして尋ねると、ほんの少し思案した藤右衛門は、

「研ぎ始めたらお目に掛けられませんでしたが、今日なら、ただいま」

ゆっくりと腰を上げると、茣蓙《ござ》を敷き詰めた帳場の脇から奥へと姿を消した。

「研ぎ始めたら見せられないというのは、どうしてだろう」

おりんが小声で問うと、

「研ぎ師は研ぎ師の技ってものを持ってるんじゃありませんかねぇ。その技を人に知られるのを嫌がるとか」

弥五平は自信なげに答えた。

堀留のとある桶屋《おけや》の親父《おやじ》は、

「幾つもの木の板を繋ぎ合わせているのに、どうして水が洩れないのさ」

おりんの数年越しの不審にも、笑うばかりでまともに返答をしてくれないでいる。

職人気質《かたぎ》の親父は、弥五平がいう通り、自分の技を他人に知られるのを忌み嫌うものかもしれない。

「お待たせしました」

　一振りの大刀を手にして現れた藤右衛門は、おりんと弥五平の傍に膝を揃えると、黒漆塗りの鞘に納まっていた刀身を静かに引き抜いた。

「刃こぼれは、物打のあたりに幾つか認められます」

　藤右衛門は、切っ先から三寸（約九センチ）から四寸ほどの部分を指で示すと、

「刃こぼれの他に、血の痕のような曇りもありましたが、それは大方拭き取りました」

　藤右衛門は、憚ることなく口にした。

「血の痕とは、物騒な話だが」

　刀身を見ていた弥五平が、笑み混じりで声を出した。

「原田様に聞きますと、お屋敷内に入り込んだ狸《たぬき》を追いかけて裏庭を駆け回り、やっとのことで仕留めたとのことです。築山の立木の間で刀を振り回したので、生木に当てたり池の傍の石にぶつけたりして、刃こぼれを起こしたと苦笑いをしておられましたよ」

　藤右衛門も笑みを浮かべて、刀身を鞘に納めた。

　武家屋敷の立ち並ぶ『刀仙堂』界隈には、広大な大名屋敷の木立や、上野東叡山《とうえいざん》の森に棲《す》みついた狸や野良犬の類《たぐい》が現れて、屋敷内に潜り込むことは珍しくないという。

「これをごらんなさいまし」

藤右衛門が莫蓙に置いていた刀を摑むと、黒漆塗りの鞘をおりんと弥五平の方に向けた。そして、

「この〈一重亀甲〉の紋所は原田様の家紋と聞いております」

藤右衛門の言葉に、弥五平が思わず身を乗り出した。

鞘の栗形《くりかた》近くに、銀色であしらわれた線の太い〈一重亀甲〉の紋所があった。

紋所を見詰めるおりんの喉《のど》が微かに鳴った。

「先日、お奉行所からは、盗まれた刀捜しをしているので、刀の研ぎを頼む者がいたら知らせるようにとの通達でした。原田様の刀にはこのように家紋もありますから、盗品ということはないのでございますが、通達が通達でしたので、一応お知らせした次第でございました」

「なるほど。それは、念の入ったご配慮でしたね」

藤右衛門の気配りに穏やかな声で礼を述べたおりんだが、権太と仙吉に斬りつけた侍に近づけたという思いで、胸は早鐘を打っていた。

「お調べとは関わりのないことを、ひとつ尋ねたいのですが。滝川家に、二十六、七ほどの娘さんはおいででしたかねぇ」

おりんが声を掛けると、

「いえもう、お屋敷にはおられませんよ。先年、家督を継がれた滝川主水正《もんどのしょう》様に、弥生《やよい》様というお妹がおられましたが、六、七年前に、御使番をお務めの四千石の旗本、根岸《ねぎし》家に御輿《おこし》入れなさいました」

そう返事をした藤右衛門は、なにかを思い起こすかのように、ふと遠くに眼を遣った。そして、御輿入れの日は、屋敷に出入りしていた商家の者、庭師や百姓までもが門前に並んで弥生の乗り物を見送ったのだと、しみじみと口にした。

「その弥生様が御輿入れなすった根岸家のお屋敷は、どちらにありますんで」

弥五平がさりげなく尋ねると、

「駿河台ですよ」

藤右衛門の口から、思いがけない地名が飛び出した。

駿河台は、昌平橋南詰の八辻原から、幽霊坂を上った先にある武家地である。

長居をした詫《わ》びを口にすると、おりんと弥五平は『刀仙堂』を後にした。

両国《りょうごく》に近い堀留界隈は、このところ何かと気ぜわしい。

あと四日もすれば大川の川開きとなり、花火が打ち上げられるその夜は、多くの人出で両国近辺は朝まで賑わう。

その日を待ちわびる息遣いが、近隣の町の、表通りから小道の奥にまでも流れ込んでいるようだ。

おりんが『刀仙堂』を訪ねてから五日が経った日の午後である。

堀留の自身番の畳の間と板張りの間には、磯部金三郎、仙場辰之助、それに嘉平治が顔を揃え、並んで膝を揃えたおりんと弥五平と向き合う形になっている。

おりんは、弥五平とともに訪ねた研屋『刀仙堂』の主、藤右衛門から聞き出した内容を金三郎たちに話し終え、

「旗本の滝川家は三味線堀に近く、駕籠舁き人足二人に刀を抜いた人物の着物にも、研ぎに出した刀の鞘にも〈一重亀甲〉の紋所があったことから、辻斬りの侍は、原田要輔と思われます」

そう締めくくった。すると、

「滝川家の家来が、なにゆえ人足を斬らねばならんのだ。人足二人を三味線堀で待つように言い出したのは、出合茶屋などから乗せて、幽霊坂で下ろす武家の奥方ではなかったかっ」

辰之助は挑むような物言いをした。

「そのあたりのことは、弥五平さんと喜八《きはち》さんにも頼んで、調べました」

「いえ。あっしや喜八だけではなんともならず、武家屋敷や商家に奉公人を斡旋《あっせん》する口入れ屋の伝手《つて》を頼んだり、出入りの商人たちから屋敷内のことを聞き出したのでご

ざいます」

弥五平は、おりんの発言にそう付け加えた。

その調べの先頭に立ったのは弥五平だった。

弥五平は、以前から誼を通じている口入れ屋の助力により、駿河台の旗本、根岸家に、長年に亘って雇い人を世話している口入れ屋の名が、神田三河町《みかわちょう》の『山城屋《やましろや》』ということを聞き出したのだ。

弥五平とともに『山城屋』を訪れたおりんが、人捜しを口実に、根岸家に奉公する陸尺《ろくしゃく》や台所女中をはじめ、既に年季奉公を終えた、かつての奉公人にも会って話が出来るよう頼むと、主はすぐに応じてくれたのである。

それによって対面した奉公人たち、屋敷に出入りする庭師や酒屋などの話から、根岸家の内情が次第に読み取れた。

滝川家の弥生が輿入れをしたのは、根岸家の家督を継いだばかりの根岸伊十郎《いじゅうろう》だった。二人の様子は仲睦《なかむつ》まじく、待たれるのは後嗣の誕生だけだったと、奉公人たちは口を揃えた。

ところが、二年前、伊十郎が病の床に就くと弥生からも生気が失《う》せ、邸内は灯《ひ》が消えたようになったという。

弥生は、病気平癒に霊験あらたかという寺社巡りを始め、江戸市中は無論のこと、近郊へも足を延ばすようになった。

だが、一年が経っても夫の病に光明は見られず、薬師如来を本尊とする寺々をしきりに巡った。

「昨年の秋、金杉村《かなすぎむら》や下谷坂本村《さかもとむら》の寺に詣《もう》でた帰り、弥生様は体調を崩し、急遽《きゅうきょ》、新堀川近くにある生家に立ち寄ったことがあったようです。その時、心労と疲労が重なっているという医者の見立てを聞いて、弥生様を滝川家で静養させたということです」

おりんは、今年の春まで根岸家に奉公していた台所女中から聞いた件を口にした。

滝川家で静養した弥生は体調を持ち直し、十日ほどで駿河台の根岸家に帰ったのだが、その後も、これまで通り平癒祈願のために寺を巡り、仏に縋《すが》る日々に変わりはなかった。

だが、隠居した夫の親や親戚《しんせき》筋から弥生の体を心配する声が上がり、月に十日も出掛けていた寺社巡りを、月に二日だけに減らさざるを得なくなったのである。

「駕籠舁きの権太と仙吉が武家の奥方を乗せるようになった時期と重なるなぁ」

金三郎が静かに口を開いた。

「つまり、病の夫の平癒祈願に出掛けたついでに、その妻女は他の男と不貞を働いていたのですねっ」

辰之助が憤然と吐き捨てた。

「その不貞の相手に目星はついてるのかい」

嘉平治の問いかけに、おりんと弥五平は、ただ首を捻った。

「どこの誰か、あっしらは知りませんが、奥方が月に二度、男と逢引きをしていたのは確かだと思います。そのことは駕籠舁きの二人も当然知っておりましょう。片割れの仙吉は、三月前、落し物の笄を届けに走って、奥方がどの屋敷に入ったのかを突き止めたのだと思います」

弥五平が述べた内容は、昨日のうちに、喜八も交えて三人で推量したことであった。

弥生の不貞を確信した仙吉は、権太に内緒で強請を始めたと思われた。

再三の強請に応じたものの、それが度重なることに困り果てた弥生は、生家の家来、原田要輔に相談したのだろう。

四月の末に駕籠を使った弥生は、帰り際、原田に指示された通り、五月十一日に三味線堀に行くよう権太と仙吉に告げたのだ。

「三味線堀は、滝川家から近く、屋敷を抜け出さなくてはならない原田要輔にとっては都合のいい場所です。繁華な場所からは離れておりまして、人の行き来も多くはありません。そこで、原田は、刻限通り現れた権太と仙吉に刀を抜いたというのが、昨日、あたしども三人が推察したことでございます」

おりんは、気負うことなくそう申し述べた。

「おそらく、おりんたちが推察した通りだろう」

金三郎の声に、おりんと弥五平は顔を見合わせた。

「よく調べたが、ここまでだ」

静かだが、凜《りん》とした声を金三郎が発した。

「ここまでとは」

思わずおりんが身を乗り出すと、

「この件は、捨ておくんだよ」

金三郎は躊躇《ためら》いもなく言い放った。

「ことの真相を知りたいと思いますが」

「知ってどうなるもんでもないんだよ」

金三郎の声には何の感慨も籠《こも》ってはいない。

「お武家の絡む件についちゃ、町奉行所すら手出しが出来ねぇことは、常々言っていただろう」

嘉平治が口を挟んだ。

「けど」

「けども何もないんだよ。お奉行所のお役人でさえ手出しの出来ないお武家を、どうして目明かしが調べられるっていうんだ」

嘉平治がいうのも分かってはいるが、おりんは不満を露《あら》わに唇を嚙《か》んだ。

「それが嫌だというなら、目明かしをやめることだ」

突き放すような嘉平治の物言いに、おりんは何も言い返せない。

「武家の悪事に踏み込めないもどかしさ悔しさは、私も父から散々聞かされたよ。磯部様はじめ、多くの諸先輩からも耳にした。ならぬことはならぬのだ。これはもう、武家を強請にかけた仙吉が不運だったと思うほかあるまい」

辰之助の投げやりな物言いは、おりんにはなんの慰めにもならない。

「いろいろ思うことはあるだろうが、おれらの務めは、悔しさも歯がゆさも飲み込まなきゃならないことが多いんだぜぇ、おりん」

金三郎のしみじみとした言葉が胸に沁み、おりんは黙って両手を突いた。

五

神田川に架かる浅草橋を渡って、浅草御蔵前に差し掛かったところで、鐘の音が鳴り始めた。

日の高さからして、四つを知らせる時の鐘だろう。

おりんは、特段急ぐこともなく浅草の方へ足を向けている。

駕籠舁きの権太と仙吉が斬られた一件の調べを止めるよう申し渡されてから、二日が経っていた。

真相の解明に近づいていたおりんとしては、なんともやりきれない思いだったが、同心の磯部金三郎の指図とあれば、異議を差し挟むことは出来なかった。

おりんの落ち込みのわけを、嘉平治から聞いたらしく、

「そんな目明かしのお務めなんかきっぱり捨てて、お前は婿を取って『駕籠清』の行く末を背負うことだよ」

ここぞとばかりに、お粂は昨日から攻勢を強めて来た。

「ちょっと出かけて来るよ」

この日の朝、おりんはついに、居心地の悪い『駕籠清』から飛び出したのである。

目指したのは、原田要輔が勤めている滝川家の屋敷だった。

何も、会ってどうこうするつもりはないし、出来もしないことは分かっている。

ただ、辻斬りの下手人と思える原田要輔が居るはずの屋敷近くを歩いてみようと思い立ったのだ。

新堀川に架かる小橋を西へ渡った表町の念珠屋で、滝川主水正家の屋敷を尋ねたおりんは、教えられた通りに、御書院与力同心大縄地の角を右へ折れた。

『滝川様のお屋敷は、左側の二つ目ですよ』

塀が巡らされた一つ目の大きな屋敷を過ぎると、物見窓の備わった長屋門があり、開かれた門の内に屋敷が立っていた。そこが滝川家だった。

邸内には人の気配もなく、静まり返っている。

ゆっくりとした足取りで門前を通り過ぎた途端、おりんは悔しげに歩調を速めた。

その勢いのまま、浅草真砂町の研屋、『刀仙堂』へと急いだ。

「ごめんなさいよ」

声を掛けながら土間に足を踏み入れると、

「これはこれは」

片手に持った刀身に目を凝らしていた藤右衛門が、おりんに笑みを向けた。

「藤右衛門さん、原田要輔様の刀の研ぎが済むのはいつ頃になりますかね。いや、もし、渡す日にちが分かれば、その時、あたしも立ち会えたらと思って」

一気に口にすると、おりんは肩を上下させて息を継いだ。

「原田様なら、たった今立ち寄られましたので、あと五日ほどでお渡し出来るとお伝えしたばかりですよ」

「というと、今は丸腰ですか」

「いえ。武士が丸腰というわけにはいきませんから、研ぎ終わるまで、大刀を一振りお貸ししておりまして」

「たった今、立ち寄ったと仰《おつしや》いましたか」

おりんが、藤右衛門の返事の途中で口を挟むと、

「はい」

藤右衛門は、訝るように首を傾げた。

「あたしは、滝川家の前を通ってこちらに向かったんですが、二十七、八という年恰《としかっ》好《こう》のお侍とは行き合いませんでしたが」

「あぁ。今日は非番だそうで、原田家の菩提寺《ぼだいじ》に墓参りに行くと申しておられましたよ」

「その寺は」

「確か、稲荷町《いなりちょう》横丁の善立寺《ぜんりゅうじ》だと」

藤右衛門が言い終わる前に、おりんは表へと足を向けていた。


善立寺があるという稲荷町横丁がどこか、おりんには心当たりがあった。

下谷七軒町の目明かし、富治の案内で、斬り殺された仙吉が安置されていた華蔵院に行ったのが、五月十三日のことだった。

その時、華蔵院を出てすぐ、通りがかりの者に道を尋ねられた富治が、

『この先の丁字路を左に曲がって、すぐ右に折れると稲荷町横丁だよ』

北の方を指差して道を教えたことを思い出したのだ。

『刀仙堂』を後にしたおりんは、新堀川を越してひたすら西へと向かい、武家屋敷の立つ角地を右へ折れる。

善立寺は武家屋敷の隣りにあって、山門も立派だが、本堂をはじめ、幾つかの堂宇《どうう》の立ち並ぶ境内はかなりの広さだと見て取れる。

境内の墓所がどこにあるか尋ねようとしたが、辺りには人影がない。

本堂の横手に回り込んだ時、裏の方から、腰に刀を差した袴姿の侍が閼伽桶《あかおけ》を手にして、おりんの行く手に現れた。
二十七、八くらいに見える侍は、目鼻立ちの整った顔を正面に向けて、ゆったりとした足取りで近づいて来る。
侍との間合いが詰まった時、侍の胸に〈一重亀甲〉の家紋を見たおりんは、

「もしや、お旗本、滝川様のお屋敷の原田様ではありませんか」

思わず声を掛けた。

すれ違って足を止めた侍は、顔をゆっくりとおりんの方へ向け、

「原田だが、その方は」

訝りながらも、涼やかな声を掛けた。

「あたしは、先日、三味線堀で辻斬りに斬られた駕籠舁き人足の件で調べをしている、目明かしのりんと申します」

そう返事をすると、相手の顔色をさりげなく窺う。

名乗った原田は、眉間《みけん》に微かに皺《しわ》を寄せたものの、

「何ゆえ、わたしに声を掛けたのか」

抑揚のない物言いながら、おりんを見据えた眼光に鋭さが加わった。

「江戸市中の研屋を回ったところ、真砂町の『刀仙堂』に出された刀に、脂で曇った痕と刃こぼれを見つけたのでございます。その持ち主が、原田様と知りましてこうして」

「わたしが斬ったというのかっ」

表情が幾分険しくなったうえに、原田から鋭い声が飛んだ。

「なにも、ひっ捕えるつもりはございませんし、出来もしません。ただ、どうして駕籠舁き人足を斬らなきゃならなかったのかを知りたいのでございます」

「知らぬ」

低く返事をすると、原田はくるりと踵《きびす》を返して山門の方に足を向けた。

「目明かし風情のあたしには、お武家を縛ることなど出来ません。これ以上調べようもないのです。どうか、ことの真相だけでもお聞かせ願えませんか」

おりんは、原田を追いつつ食い下がった。

すると突然、足を止めた原田が振り向きざまに腰の刀を引き抜き、おりんに切っ先を向けた。

咄嗟《とっさ》に後退《あとずさ》りしたおりんは、袂に忍ばせた鉤縄を取り出し、巻いていた細縄をゆっくりと解く。

意外そうに眉をひそめた原田が、切っ先を向けたまま間合いを詰めた。

おりんが、右手に握った細縄を回し始めると、鉄の鉤が空を切る音が境内に響き渡った。

鉤縄が回る間隔を測っていた原田が、一気におりんに迫って、声もなく刀を振り上げた。

その動きを見たおりんは、原田の腕に向けて鉤縄を放つ。

鉤縄を上から叩き切ろうとした原田の刀に細縄が巻き付くと、カキッと音を立てて、鉤が刀を嚙んだ。

刀を奪われまいと原田が堪《こら》えれば、おりんは細縄を懸命に手繰り寄せる。

両足を踏ん張って細縄を引っ張っていた原田が、突然力を抜いた。そして間髪をいれず、おりんに切っ先を向けて突っ込んで来た。

おりんは咄嗟に、細縄を手にしたまま体を地面に投げ出した。

地面でひと転がりしたおりんが、立て膝で身構えたその時、パキッと音がして、原田の刀が折れた。

「その方は、何も知らなくてよいのだっ」

まるで訴えるような、凄《すさ》まじい形相《ぎょうそう》で叫ぶと、原田は折れた刀を手にしたまま駆け出し、山門から表へと姿を消した。

おりんはゆっくりと立ち上がり、半ばから折れて落ちていた刀身を拾い上げる。

銀色に塗られていた竹光は、巻き付いた鉤縄に擦《こす》られたらしく、ところどころ色が剝《は》がれていた。


八丁堀には、よく海風や川風が流れ込む。

亀島町の磯部家の庭に立ったおりんの右側から朝の日射しが降り注いでいるが、風が流れ込んでいて、涼やかである。

「待たせた」

奥から大股《おおまた》で現れた金三郎が、縁に胡坐をかいた。

「おはようございます」

「うん。おはよう」

金三郎は、おりんの挨拶に笑顔で答える。

「明日の大川の川開きだが、警固に駆り出されるのは初めてのことだな」

「さようでございます」

おりんは、軽く頭を下げた。

「例年の持ち場や、どんなことに目配りをするのか、取り締まるのは何かなどは、去年まで務めた嘉平治から聞くことだな」

「はい。お父っつぁんもそのつもりでいるようです」

「うん。警固や取り締まりも大事だが、己の身のことにも気を付けることだ。毎年、両国は人が溢《あふ》れかえり、岸辺からも橋の上からも人が落ちる。人の流れに巻き込まれて倒れ、死人も出る。ともかく、危ないと思ったら、構わねぇから、逃げろ」

「はい」

おりんが素直に頷くと、金三郎も、

「うん」

と、首を縦に振った。

下谷善立寺で原田要輔と対峙《たいじ》したのは、昨日のことだった。

おりんは、そのことを金三郎に報告するつもりはなかった。

捨て置けと指示されたにも拘わらず、自分の思いに任せて禁を破ったことは、後ろめたいことだが、隠すことにした。

「おう。そうそう」

ふと口にした金三郎は、軽く膝を叩くと、

「この前、おりんの口から名の出た、駿河台の旗本、根岸伊十郎が、三十という若さで、二日前に死んだそうだ」

思いもしないことを聞かされて、おりんはあんぐりと口を開けた。

滝川家の娘、弥生が嫁いだ相手が根岸伊十郎だった。

二年ほど前から病に伏していることは、つい最近耳にしたばかりだった。

「葬儀は昨日済ませ、今日は五つ半頃、屋敷から葬列が出て、本郷《ほんごう》にある寺の墓所に埋葬されると聞いている」

金三郎はさらに、

「本郷の寺に向かうなら、葬列は恐らく、幽霊坂を下って昌平橋を渡ったら、神田明神前の坂道を上がって行くことになるだろうな」

まるで、独り言のように、庭の植木に向けてのんびりと語り掛けた。


神田川に架かる昌平橋と筋違橋の南詰の八辻原は、普段となんら変わりはなかった。

青物を笊《ざる》に載せた棒手振《ぼてふ》りや魚の入った台を担いだ魚売りが駆け抜けて行き、売り声を張り上げて行き交う水菓子売りや箒《ほうき》売りの姿もある。

大川の川開きを明日に控えて、両国の花火見物にやって来たような一団も見受けられる。

武家の乗り物の一団も通れば、褌《ふんどし》一つの車曳《ひ》きも汗を光らせて駆け抜ける。

筋違御門脇の大番屋の表で埃《ほこり》よけの水を撒《ま》いていた下男が、昌平橋の袂にある辻番所から出て来た老爺と何ごとか声を交わし始めた。

おりんは、八辻原の南側にある、丹波《たんば》篠山《ささやま》藩青山《あおやま》家上屋敷の西端の角地に立っている。

青山家の塀の陰からは、遮るものもなく、幽霊坂の下が見通せた。

八丁堀の磯部家を後にしたおりんは、どこにも寄らず八辻原へと足を向けたのである。

此度《こたび》の一件は、根岸家の当主、伊十郎の妻女、弥生の不貞を知った仙吉が強請を重ねたことにより、弥生の生家である滝川家の家来、原田要輔が駕籠舁き人足二人の抹殺を計ったのではないかという推察に達していた。

しかし、金三郎から、この一件は捨て置けと命じられたのである。

おりんに悔しい思いをさせたと察した金三郎が、せめて、事件に関わった弥生の嫁ぎ先の弔いを知らせたのではないかと思われた。

五つ半の鐘が鳴って四半刻ほどが経った時、幽霊坂を下りてきた葬列が静かに八辻原に姿を現した。

屋敷の中間《ちゆうげん》や下男たちに担がれた座棺の輿が現れると、刀の柄《つか》を白紙で包んだ白の裃《かみしも》姿の家臣たち、親類縁者が続き、そこに、ひと際目立つ、白布の被り物をした二十代の半ばと思しき白装束の女が列に並んでいた。

葬列など珍しいものではなく、付近を行き交う者たちは一瞥《いちべつ》をくれるだけで、わざわざ立ち止まって見送る者などいない。

坂を下り切った葬列が昌平橋へと向かうと、おりんの足は、白の被り物をした女の顔なりを見届けられないかと逸《はや》り、最後尾から少し間を取って、続いた。

しかし、近づくわけにはいかぬ。

列が昌平橋を渡り始めたとき、弥生と思しき女の白い被り物が右を向き、さりげなく、というより、微かに会釈をしたように見えた。

足を止めたおりんが、女が顔を向けた方を見やると、辻番所の陰に、白い着物に薄い鼠《ねずみ》色の袴を穿《は》いた菅笠の侍が身を潜めていた。

着物の胸に〈一重亀甲〉の紋所のある笠の男は、葬列が橋を渡り終えるまで辻番所の陰で腰を折って見送り、やがて、踵を返した。

昌平橋の袂で足を止めたおりんは、柳原土手《やなぎわらどて》を和泉橋《いずみばし》の方へ去って行く笠の男が見えなくなるまで、じっと見送った。

五月二十八日の大川の川開きも済み、今日は、それから三日が経った六月の二日である。

両国橋での夜通しの警固と見張りで、おりんは翌二十九日は、昼過ぎまで眠りこけた。

それは下っ引きの弥五平も喜八も同様で、今日の昼間相次いで立ち寄り、疲れの取れた顔を見せて行った。

西に傾いた日が翳った『駕籠清』の庭の藤棚の下は、日中に比べたらだいぶ凌ぎやすくなっていた。

「おりんちゃん、やっぱり両国橋の警固で疲れ果てたのよね。そりゃ、疲れるわよ。人に押されて川に落ちて、死んだ人が何人もいたそうだしさ。わたしなんか、もう何年も花火はうちの二階から見ることにしてるくらいだもの」

藤棚の縁台に腰掛けて煙草を喫みながら、幼馴染《おさななじ》みのお紋《もん》は言い放った。

お紋と並んで腰かけているおりんは、井戸から汲《く》んだ水を湯呑で飲んでいた。

「喜八さんから、おりんちゃんの様子がおかしいって聞いたけど、どうしたの」

お紋は半刻前にやって来た早々、気遣わしげにおりんの顔を覗き込んだのだ。

様子がおかしいという自覚はなかったが、喜八からもたらされた話を聞いて、やや混乱していたのは事実だった。

善立寺で原田要輔と対峙した日、江戸の名所案内の刷り物を売り歩く喜八に、

『下谷七軒町の方に行ったら、滝川家の原田要輔の動きを探って来ておくれ』

そう頼んでいたのだが、この日の昼にやって来た喜八の話は、余りにも意外だった。

原田に異変があったのは、二日前のことだった。

研屋の『刀仙堂』に立ち寄った喜八は、主の藤右衛門から、研ぎに預けた刀を原田が取りに来ないということを知らされたばかりか、原田要輔は滝川家の務めを突然辞し、さらに実家をも出て姿を消したと聞かされた。

そして、今日の午後、堀留の自身番にやって来た金三郎から、根岸伊十郎の妻女、弥生が剃髪《ていはつ》して根岸家を去り、昨日、相模国《さがみのくに》の尼寺に入ったことも知ったのだ。

おりんは、心配して駆けつけてきたお紋に、駕籠舁き人足二人が斬られたことに端を発した一件を、今しがた話し終えたばかりだった。

「わたし思うけどね、その滝川家の原田って家臣と、根岸家の嫁になった弥生姫は、下谷の屋敷に居た時分からの恋仲か、密《ひそ》かに好き合っていた間柄に違いないのよ」

お紋はあっさりとそう断じると、煙管を叩いて、煙草の灰を落とした。

「弥生姫が嫁いで何年かが経って、夫の病平癒にと神仏の願掛けに飛び回るうち、体調を崩して生家で静養することになって、家臣の原田から慰めといたわりの言葉をか

けられたのよ。すると昔に消したはずの恋の火種が燃え盛って、月に二度の逢瀬を重ねるようになったというのが、わたしの筋立てよ」

どうだと言わんばかりに、お紋は胸をそびやかした。

おりんも、お紋の言う通りのような気がしている。

人足に刀を向けたのは、不貞を隠すというより、弥生を護《まも》らなければならないという一点のみで、原田は突っ走ったのだろう。

その務めを果たし、弥生が仏門に入ったのを知って、原田は後顧の憂いなく刀を棄《す》てたと思われる。

根岸伊十郎の葬列に付き添う弥生を遠くから見送り、頭を下げたのは、原田要輔の別れの儀式だったのかもしれない。

「でもさ、この話、作り話でしょ」

いわくありげな声を出したお紋が、底意地の悪そうな笑みを浮かべた。

「ううん、あのね」

「分かってる。芝居の筋立て作りに勤《いそ》しんでるっていう太郎兵衛《たろべえ》叔父さんが考え付いた話じゃないかって、わたし、途中から察しがついたもの」

ふふふと、声を出して笑うと、煙管に詰めた煙草の葉に火を点《つ》けた。そして、

「筋立てを聞いたわたしが、どんなことを言うか聞いてくれって、太郎兵衛叔父さん

に頼まれたことくらい、わたしにはわかるわよぉ」

そういうと、お紋は一服吸った。

叔父の太郎兵衛がこれほどの筋書きを作れるなら、とっくの昔に市村座《いちむらざ》から注文が来ているはずよ――おりんはそう言いたかったが、思いとどまった。

「叔父さんには面白いと言っておいてね。芝居になったら見に行くって」

「分かった。そう伝えておく」

投げやりな返答をしたおりんは、お紋の手から煙管を奪い取ると、自棄《やけ》のように一口吸った。

途端に激しく噎《む》せて、おりんの眼から涙がこぼれた。

第三話　化けの皮

一

　朝の日本橋を歩くのは、久しぶりのことだった。

　北町奉行所同心、磯部金三郎《いそべきんざぶろう》の役宅が八丁堀《はっちょうぼり》の亀島町《かめじまちょう》にあり、恒例になっている朝の挨拶《あいさつ》に赴いた帰りである。

　役宅に行くのは、受け持っている区域での異変などを知らせたり、その日の指示を仰いだりするためであったが、大概は、挨拶を済ませたあと、他愛《たわい》のない世間話をして辞去するというのが殆《ほとん》どだった。

　今朝、おりんが磯部家へ行くと先客がいて、

「丁度いい」

　金三郎が手札を渡しているという、高輪《たかなわ》の目明かし、菊松《きくまつ》を引き合わせてくれた。

「菊松から、捨て子を預かった夫婦者の話を聞いていたところだから、おりんも聞いておくがいいよ」

金三郎に勧められて、おりんも拝聴することにしたのだ。

「二人とも三十五、六くらいの夫婦者は、長屋の近くで乳呑児《ちのみご》を拾ったと届け出て、もし親が見つからなければ自分たちで育てたいと町役人に申し出ていたんでやす。半月捜しても乳呑児の親は現れませんので、奉行所のお役人、町役人たちが話し合った末、拾った夫婦に引き取らせて、育てさせることに落ち着いたんですがね」

四十に手の届きそうな年恰好《としかっこう》の菊松は、そこで少し声を低め、

「ところが、それから数日後、乳呑児を盗まれたという若い夫婦者が自身番に届け出たんですよ」

と、大仰に頷《うなず》いた。

菊松は、自分の下っ引きや町内の鳶《とび》の者を動員して一帯を調べ回った末、若い夫婦が乳呑児を盗まれた日と、三十過ぎの夫婦者が乳呑児を拾ったと届け出た日が、同じだと分かったのだと声をひそめた。

縁日にやって来ていた若い夫婦者は人混みに疲れ果て、乳呑児を本堂の回廊に置いて一息入れた。その、ほんのわずか眼《め》を離した間に、乳呑児が消えたというのである。

乳呑児に着せていた着物やお包《くる》みの柄などを聞いたところ、自身番の覚書に残され

ていた記録と合致した。そこで、拾ったと届け出た夫婦者を追及したところ、寺の回廊に置かれた乳呑児を連れ去ったことを白状したという。

「連れ去った夫婦者は、住まいを転々としながら、これまで何人もの子をかどわかしていたとも口を割りました。なにしろ、捨て子を育てるということになると、町の入用金から三両（約三十万円）の養育費が出ますから、子を盗んだり迷子を見つけては連れ去って、三両の養育費を度々騙《だま》し取っていた極悪人でしたよ」

「世の中には、感心したくなるような悪事を思いつく連中がいやがるからなぁ」

菊松が話し終わった直後、ため息混じりに呟いた金三郎の言葉が、役宅を後にしてからおりんの耳に蘇《よみがえ》った。

つい先日のことだが、

「世の中には、妙なことをしでかす者がいるもんだよ」

父の嘉平治《かへいじ》が、今朝の金三郎と同じような感想を洩《も》らした事柄を思い出したのだ。

橋の擬宝珠《ぎぼし》に願い事を書いた紙を巻き付けると、願いが叶《かな》うという言い伝えがあり、多くの人がそれに縋《すが》っているらしいと口にしたのである。

擬宝珠が設《しつら》えられるほどの由緒のある橋は、江戸では、城内を除けば、日本橋、京橋くらいのものだった。

磯部家を後にしてすぐそのことを思い出したおりんは、好奇心の赴くまま、日本橋へと足を向けたのだ。

六つ半（七時頃《ごろ》）を過ぎた頃おいの日本橋一帯には活気があった。

橋の架かる日本橋川の両岸には、魚河岸《うおがし》や芝河岸《しば》など様々な河岸があって、荷を担いだ棒手振《ぼてふ》りや若い衆たちが、威勢よく行き交っている。さらに、川岸には多くの荷船がひしめき合い、下ろした荷を方々へ運ぶ人足たちが駆けて行くという光景が、いつも、朝の暗いうちから続いているのだ。

そんな光景を横目に、おりんは橋の真ん中に歩を進める。

これまで気に留めたことはなかったが、嘉平治が口にした通り、確かに、細く畳まれた紙が幾つも欄干の擬宝珠に巻かれていた。

巻いてから日にちが経《た》ったような色褪《いろあ》せた紙もあれば、真新しいものもある。

人の往来に背を向けたおりんは、巻かれた紙を幾つかさりげなく解《ほど》いて文面に眼を通した。

『富くじが当たりますように』というものもあれば、『人を殺してくださる方、赤い紙で返事待つ』という物騒なものもある。

『はぐれた子供がみつかりますように』『病が治りますように』という同情を禁じえない内容のあとに、『姑《しゅうとめ》は早く死ね』と、荒々しく書かれた紙もあった。

他の紙も解いてみたかったが、誰《だれ》かに怪しまれては困るので、読んだ紙を擬宝珠に巻き戻すと、おりんは足早に橋を渡った。

日本橋を後にしたおりんは、堀留《ほりどめ》二丁目へと足を向けた。

日本橋川に沿って魚河岸を東に向かい、伊勢町《いせちょう》堀《ぼり》に架かる荒布橋《あらめばし》を渡ってすぐに北へと折れたら、突き当たりが堀留一丁目の家並である。

そこから堀留二丁目の『駕籠清《かごせい》』までは、転がっても届くらいだ。

「おはよう」

『駕籠清《か》』の庭に足を踏み入れたおりんは、駕籠の具合を見ていた人足頭の寅午《とらうま》と駕籠舁きの完太《かんた》に声を投げた。

「おりんちゃん、先月から置いてるそこの蛍、昨夜も光らなかったし、虫籠《むしかご》から音もしないよ」

完太からそんな声が返ってきたので、おりんは、井戸端に立つ桐《きり》の高木の枝から下げていた虫籠を、紐《ひも》から外した。

虫籠の中を覗《のぞ》こうとしたが、眼が細かく編まれた竹細工の中の様子は見えない。

仕方なく上部にある蓋《ふた》を外したおりんは、中で干からびていた草や小枝を摘《つ》まみ出すと、

「あ。二匹とも死んでる」

籠の底で動かない蛍の死骸《しがい》が眼に入った。

「水をやるのを忘れてたよ」

おりんが呟《つぶや》くと、

「それはどうかねぇ。取って来たのは何日前でしたかね」

寅午に尋ねられて、おりんは指を折った。

十日ほど前、幼馴染《おさななじ》みのお紋《もん》が嫁入り前の友達と谷中《やなか》の蛍沢《ほたるざわ》に蛍狩りに行ったからと言って、おりんに届けてくれた蛍だった。

「おりんさん、そりゃ、蛍の寿命だよ。蛍の盛りも蟬《せみ》に似て短いから、よくいうでしょうよ。蛍二十日に蟬三日って」

「へぇ。寅午さん、博学だね」

おりんは感心した声を発した。

「学問所の先生なんかを駕籠に乗せてると、あっしのようなこんな頭にも、いつの間にか学は溜《た》まるってことだよ」

寅午は歯を剝《む》いて、ひひひと笑い声を上げると、

「もう一つ教えるがね。蛍ってのは、腐った草が生まれ変わったものだそうだから、その死骸は、木か、草の根元にでも埋めておやんなさい」

「そうする」

おりんは改まると、桐の木の根元にしゃがみ、指先で土をほじる。

小さな墓穴に蛍の死骸を置くと、手で土を掛けた。

「おや。おりん、帰ってたんだね」

蛍を埋めたおりんが立ち上がった時、背後でお粂《くめ》の声がした。

「ただいま」

「奥で嘉平治さんがお待ちだよ」

庭に出て来たお粂が、顎《あご》を動かして建物の中を指し示し、

「早く朝餉《あさげ》を摂《と》っておしまい。なんでも、お前さんを芝の方に連れて行くつもりらしいからさ」

「ふうん」

芝に思い当たることのないおりんは、泥のついた手を叩《たた》きながら建物の中へと足を向けた。

霊岸島新堀《れいがんじましんぼり》の先で大川に出た猪牙船《ちょきぶね》は、江戸湾の方に舳先《へさき》を向けた。

おりんは船の舳先付近で足を投げ出して座り、嘉平治は、船を漕《こ》ぐ市松《いちまつ》の近くの横板に腰を掛けている。

死んだ蛍を庭に埋めた後、おりんが朝餉を摂っていると、

「浜松町《はままつちょう》一帯を受け持っている目明かしの初五郎《はつごろう》親分に会いに行くぞ」

嘉平治に声を掛けられた。

朝餉を摂り終えるとすぐ、堀江町《ほりえちょう》入堀《いりぼり》の万橋《よろずばし》で待っていた市松の猪牙船に乗せられたのである。

足に難のある嘉平治は、浜松町まで歩くには手間取るというので、前もって市松の船を借り上げる算段をしていた。

海に出た猪牙船は、右手に見える築地《つきじ》の本願寺《ほんがんじ》をあっという間に漕ぎ進んだ。

時候は小暑という時分だが、顔をなぶる海風が心地よい。

浜松町の目明かし、初五郎というのは、嘉平治が『駕籠清』に婿入りした時分からの知り合いということだった。

増上寺《ぞうじょうじ》裏門前海手で船を下りたおりんと嘉平治は、市松を堀留に帰すとすぐ、備《びっ》中《ちゅう》新見《にいみ》藩関《せき》家、相模小田原《さがみおだわら》藩大久保《おおくぼ》家の上屋敷に挟まれた小路を、芝神明《しばしんめい》の方へ足を向けた。

東海道《とうかいどう》を横切って最初の小道を右へ曲がった先に、芝神明と言われる飯倉神明宮《いいくらしんめいぐう》があることは、祭礼に訪れたことのあるおりんは知っていた。

嘉平治は、芝神明のすぐ傍《そば》にある神明門前町の間口の小さい平屋の小店に入って行く。

「堀留の嘉平治でございます」

声を掛けると、瀬戸物や茶器を並べた棚の陰から、はたきを手にした五十を超した
と見える老婆が顔を突き出した。

「これは嘉平治さん、お久しぶりだねぇ」

親しみの籠《こも》った声を出した老婆が、はたきで虚空を叩くと、

「もしかして、おりんさんかね」

と、嘉平治の後ろに控えていたおりんに眼を向けた。

「さようで」

答えた嘉平治は、

「こちら、初五郎親分のおかみさんのおきんさんだ」

「お初にお目にかかります。りんと申します」

おりんは、両手を膝《ひざ》に付けて腰を折った。

「おぉい。堀留の親分をいつまで店先で引き留めるんだよぉ」

奥の方から、男のしわがれ声がした。

「奥の坪庭の部屋ですから、どうぞ」

おきんに勧められるまま、おりんは嘉平治に続いて土間を上がると、小さな帳場格
子のある小部屋を突き抜けて、奥へと進んだ。

「わざわざすまなかったねぇ」

嘉平治とおりんが庭に面した四畳半の部屋に入ると、張り出した濡《ぬ》れ縁《えん》で胡坐《あぐら》をかいていた白髪交じりの老爺《ろうや》から、嬉《うれ》しそうな声が飛んで来た。

その老爺に親分と声を掛けて挨拶をした嘉平治が、

「娘のりんです」

横に座ったおりんを指し示した。

「りんと申します」

「いや。嘉平治どんの娘さんが磯部様から手札をもらったということは、仙場《せんば》様から聞いていたよ」

初五郎は、おりんを見て微笑《ほほえ》んだ。

「初五郎親分は、仙場辰之助《たつのすけ》様のお父上の代から御用を務めておいでだったんだ」

嘉平治の話に、おりんは胸の中で『あぁ』と呟くと、大きく頷いた。

冷水売りから買っておいたという水を注いだ湯呑を、初五郎と嘉平治親子の前に置くと、おきんはすぐに店へと去った。

店番に行くと口にしたが、気を利かせて、話の場から離れたに違いない。

「早速だがね、嘉平治どん」

初五郎は少し改まると、話を切り出した。

先月、前々から弱っていた足腰がいよいよ具合悪くなり、頼まれていた用事が思うようにできなくなったのだと言って、初五郎は苦笑いを見せた。

「それで、嘉平治どんにと思ったが、お前さんの足も以前とは違うということに気付いて、一度は諦《あきら》めようとしたんだ。だが娘のおりんさんが目明かしにおなんなすったと聞いて、一度、話を聞いてもらおうと思ったんだよ」

そう打ち明けた初五郎は、さらに、頼まれていた用事というのは人捜しだとも付け加えて、俄《にわか》に顔を引き締めた。

初五郎に人捜しを依頼したのは、長年の付き合いのある、増上寺大門前の片門前《かたもんぜん》一丁目で念珠を商う『香霖堂《こうりんどう》』の先代の主《あるじ》と、当主の嫁からだった。

捜す相手は、今年三十になる当主の恭助《きょうすけ》だという。

恭助は、去年の大川の川開きの日に、両国《りょうごく》の花火見物に出かけたのだが、そのまま消息を絶って丸一年が経っているというのである。

「隠居している先代の主の高右衛門《こうえもん》さんは、倅《せがれ》の恭助さんのことも気懸りなのだが、それよりも、待ち続ける嫁のお鹿《しか》さんを不憫《ふびん》に思っていてね。行方知れずになって既に十月も経ったことだし、『香霖堂』と縁を切って、どこか良い所に縁付いたらどうだと持ち掛けたらしいんだ。ところが、嫁のお鹿さんは健気《けなげ》にも、亭主の生死がはっきりと分かるまでは待つと言ったそうだ。お鹿さんのそんな思いを知って、高右衛門さんがおれに、恭助さん捜しを頼みに来たわけだよ」

ところが、引き受けて動き出したものの、すぐに体がもたなくなったのだと、初五郎は声を掠《かす》れさせた。

「以前は何人かの下っ引きを使っていたが、一人前の目明かしに育て上げたり、性質《たち》の良くねぇ奴は切り捨てたりして、今は、一人の手もない有り様さ。本業を持って務めてくれるような野郎じゃねぇと、しがねぇ瀬戸物屋の上がりだけじゃ、下っ引きの暮らし向きまでは支えきれねぇから、しょうがねぇと言やしょうがねぇ話なんだが」

初五郎が寂し気な笑みを浮かべたのを、おりんは見逃さなかった。

嘉平治の下っ引きを務めている弥五平《やごへい》と喜八《きはち》は、捕物がない時は自分の本業で暮らしを立てていた。目明かしにしても、同心から決まった手当てをいただけることはなく、その時その時の働きに対して、心ばかりの賞与金が下されるだけである。

それでも嘉平治が目明かしを務められたのは、『駕籠清』という家業を持っていたからなのだ。そのお蔭《かげ》で、盆暮れや季節の催事がある時は、弥五平や喜八に小遣いを渡せていたことも知っている。

しかし、中には、お上の御用を務めていることをひけらかして、商家や物売りなどから、半ば脅すようにして金品をせしめる下っ引きがいることも、おりんは前々から耳にしていた。

「さっき、親分さんは、『行方知れずになって既に十月も経ったことだし』と口になさいましたが、それはどういうことなんでしょうか」

おりんは、丁寧な物言いで初五郎に問いかけた。

「世の女房ってものは、亭主がいなくなったからと言っても、勝手に離縁したり、他所《よそ》に嫁いだりは出来ねぇんだよ」

初五郎に代わって答えたのは嘉平治だった。

「ただし、居なくなった亭主から三年に亘《わた》って音信がない時は、離縁状がなくとも、他家に嫁入りが出来るっていうことになってるんだ。それに、女房を置き去りにして、手当てもしないまま亭主が居なくなった時も、十ヶ月の期間を経ていれば、お上から『失踪《しつそう》』の決め事が下されなくとも、女房は他家に嫁ぐことが許されるってことなんだよ」

「つまり、お鹿さんとしては、お上の決め事に従って『香霖堂』と縁を切るんじゃなく、ご亭主に起きた事情をはっきりと確かめないうちは先のことは考えられないと思っているようだよ」

初五郎が、嘉平治の話のあとにそう付け加えた。

「分かりました」

おりんが初五郎に向かって小さく頭を下げると、

「どうだおりん。初五郎さんのために、ひと肌脱いでみねぇか」

「芝の親分さん、こんなあたしでも構いませんか」

両手を膝に置いたおりんが伺うと、

「頼むよ」

そう口にして、初五郎は微笑を向けた。

おりんは、畏《かしこ》まって畳に手を突いた。

「このことは先方の『香霖堂』にも伝えるから、近々、何らかの返答が堀留に届くはずだ。その時はよろしく頼んだよ」

「はい。承知致しました」

おりんは、深々と頭を下げた。

二

目明かしの初五郎が女房と商う瀬戸物屋を後にしたおりんと嘉平治は、増上寺の大門に通じる参道に出た。

夏の昼時の暑い盛りながら、多くの参拝人や行楽の人々が門を出入りしている。

増上寺の山内には多くの塔頭《たっちゅう》もあって、堂宇《どうう》を見て回る見物人、庭の花や草木が目当ての人で、寺の内外はいつも賑《にぎ》わっていた。

参道に鐘の音が届き始めた。

九つ（正午頃）を知らせる、芝切通の時の鐘である。

「この辺りでなにか腹に入れて帰るか」

「あたし、朝餉が遅かったから、昼餉は堀留に戻ってからにする」

おりんが返答すると、

「おめぇがそれでいいなら、このまま帰るとするか」

そういうと、嘉平治は参道を左に曲がり、東海道の方へ足を向けた。

「帰りも船にしたほうがいいね」

おりんが持ちかけると、

「漁を終えた漁師の船を借り上げようじゃねぇか」

「だったら、湊町《みなとちょう》の方がいいね」

南北に延びる東海道に出たおりんは、浜松町二丁目で南へと足を向けた。

四丁目の辺りには、海に面した北新網町《きたしんあみちょう》、南新網町、金杉川《かなすぎがわ》沿いには湊町という漁師の住むところがあり、船を頼むのに好都合な土地である。

漁の船だから相場というものはないが、少なくとも一朱（約六千二百五十円）は弾むつもりである。

目明かしは、仕える同心の指示があれば、何日も宿に泊まり込んで見張ることも、国を越えて遠方に行くこともあるから、御用で家を出る時はいつも、懐に少なくとも一両（約十万円）は入れて行くものだということを、嘉平治から聞かされていた。

それに、普段から人に何かを頼むときは、顔を覚えてもらうためにも心づけを渋ってはいけないとも言われた。

先々、御用のことで困ったことが持ち上がった時など、顔見知りになっていれば、手を差し伸べてくれるものだとも語った。

『あとあとのことを思案して動くんだ』

目明かしの頃の嘉平治が、常日頃からそんなことを口にしていたのを、ふと思い出していた。

「おりん、振り向くなよ」

突然、並んで歩く嘉平治から、低く鋭い声がして、

「さっきから、おれたちを付けてる奴《やつ》がいる」

と、続けた。

浜松町四丁目に差し掛かった辺りである。

「次の横丁を左に曲がって、南新網町の小路で様子を」

嘉平治の囁《ささや》きに頷いて応じたおりんは、言われた通り横丁に折れ、方丈《ほうじょう》河岸の手

前を右に曲がると、南新網町の、一軒の家の軒に干されている漁網の陰に身を隠した。

長年目明かしを務めていた嘉平治は、捕えた相手からもその仲間からも恨まれることが多い。現に、嘉平治と共に、深川で三人の男たちから刃物を向けられたことがあった。

奉行所の役人の手先となって動く目明かしに意趣返しをして、悪の世界で名を売ろうと目論《もくろ》む者は後を絶たないのだと、以前、下っ引きの弥五平に聞いたことがある。

「あいつだ」

嘉平治の声に、おりんは、さっき通って来た横丁の方に眼を向けた。

賽子《さいころ》の図柄を染め抜いた浴衣の裾《すそ》を片手で摘まんだ総髪の男が、ゆっくりと姿を見せた。

三十前と思しき遊び人風の男は、入り堀の西の端の道を、細い眼で用心深く辺りを窺いながら、南新網町の方へと近づいて来る。

だが、干された漁網に気を留めることなく、男は湊町の方へと歩き去った。

「見知った顔かい」

「いや」

嘉平治は、おりんの問いかけに、小声でかぶりを振った。

芝神明の目明かし、初五郎と会った帰り、おりんと嘉平治は湊町の漁師から船を借り上げて、日本橋小網町《こあみちよう》の鎧河岸《よろい》まで送ってもらった。

嘉平治を『駕籠清』に送り届けると、初五郎から請け負った『香霖堂』の恭助捜しに、早速取り掛かることにした。

一年前の出来事を尋ね歩くには、長年、両国橋界隈《かいわい》で四文屋を商う弥五平の手を借りた方がいいと思い立ち、本所尾上町《ほんじよおのえちよう》の長屋に行って相談をすると、

「お供しましょう」

四文屋の仕込みの前だった弥五平は、おりんとともに両国橋西広小路の橋番所に付いて来てくれることになったのである。

八つ（二時頃）の両国橋の西広小路《にしひろこうじ》は、いつも通り活気に溢《あふ》れている。

今年の両国の花火は、目明かしとして警固に駆り出されて見物する段ではなかったが、大川の川開きの当夜の混雑ぶりは目《ま》の当たりにしていた。

その時の凄《すさ》まじさに比べたら、この日の活気など可愛《かわい》いものである。

「これはこれは」

目明かしになりたてのおりんが、弥五平に連れられて挨拶回りをした時に会った初老の番人、貞二《ていじ》が笑顔で迎え入れてくれた。

「こちらは、堀留二丁目の目明かしのおりんさんと、下っ引きの弥五平さんだよ」

貞二は、番所に詰めていた年若の男二人に、おりんと弥五平を引き合わせた。

弥五平が、去年の川開きの日の死人や行方不明者を捜していると打ち明けると、

「以前からの書付がありますから、お掛けを」

貞二に勧められるまま、おりんと弥五平は土間の框《かまち》に腰を掛けた。

両国橋をはじめ、日本橋、永代橋《えいたいばし》などの大きな橋には、防火防水はもとより、橋の監視や治安、身投げ人の阻止や清掃のために、近隣の富裕商人などが維持費を拠出して、町内の者が交代で詰める橋番所が設けられている。

「今年の詳細は、まだお調べの途中のようですが、去年の川開きと、その前後の出来事はこれに記されておりまして」

貞二は、綴《と》じ込みの冊子を棚から取り出すと、おりんと弥五平の近くに膝を揃《そろ》えて、表紙を捲《めく》った。

「去年の川開きで死んだ男は、どれくらいいて、身元が分かっているのは何人か。身元の分からない男の死人の年恰好も分かれば、有難いんだがね」

弥五平が申し出ると、貞二は難しそうな顔をして低く唸《うな》り声を発し、川開きで死んだ者がどれくらいいるかは把握出来ていないと、あっさりと口にした。

橋番所でも、土地の自身番でも、ちゃんとした死人の数は分からないだろうともいう。

水死もあれば喧嘩沙汰《けんかざた》で死んだ者もいる。人に踏まれて圧死する女子供も例年多いのだと嘆いた。

「怪我人《けがにん》に至っては、その数も分かりませんからね。ただ、川開きの後の数日のうちには、杭《くい》に引っ掛かったり、漁師の網に掛かったりする死人を見かけますが、これが川開きの夜に死んだ仏かどうかは、なんともいえませんでねぇ」

貞二はそういうと、冊子に眼を落とし、

「書付のここに、去年の川開きで川に落ちて死んだと思える男の名が幾つかありますが、名が分かっているということは、つまり、身内か知人に引き取られた死人だということになりますな」

ため息をついて、冊子から顔を上げた。

「おりんさん、川開きの両国界隈には、人別帳に載っていねぇ無宿人も、遠国からの見物人も集まりますから、どこの誰が死んだかというのは探り切れるもんじゃありませんよ。中には、大川に落ちて死に、人知れず海の向こうにまで流されるということもありますから」

弥五平の言葉は、途方に暮れたおりんの胸を、さらに重くした。

おりんが、再度浜松町に足を踏み入れたのは、芝神明の初五郎を訪ねてから二日後のことだった。

両国橋の橋番所を訪ねたおりんが、一緒に動いてくれた弥五平と別れて堀留に戻った一昨日の夕刻、増上寺門前の念珠屋『香霖堂』からの使いが来たのである。

行方知れずの恭助捜しを、目明かしの初五郎からおりんが引き継いだと聞いた『香霖堂』の隠居が、〈明後日の八つ半、『香霖堂』においで願いたい〉という書付を届けさせたのだった。

この日は、昼前に読売の仕事を済ませた喜八が付いて来ることになり、堀留で昼餉を摂った後、歩いて増上寺大門の南側、片門前一丁目へと向かった。

近隣には間口の広い大きな構えの商家が軒を並べていたが、『香霖堂』の普請も、それらに引けを取らぬほどである。

長暖簾《ながのれん》を割って土間に足を踏み入れると、名を名乗り、隠居の高右衛門に呼ばれて来たと来意を告げた。

「番頭の甚兵衛《じんべえ》です。こちらへ」

帳場に着いていた五十ほどの番頭が急ぎ立ち上がって土間に下りた。おりんと喜八の先に立ち、鉤形《かぎ》になった土間を通って、奥へと案内していく。

「お上がり下さい」

奥の土間から廊下に上がった番頭は、角を二つ曲がった先の障子を開けると、

「どうぞ、こちらに」

おりんと喜八に、中を指し示す。

二人が部屋に入ると、番頭が外から障子を閉めた。

中庭に午後の日射《ひざ》しが突き刺さっているものの、障子は開け放たれており、部屋には風が入り込んでいる。

中庭を背に座っていたのは、いかにも商家の女房と見える二十代半ばくらいの女で、床の間の前には、六十に手の届きそうな夫婦者らしき男女が、膝を揃えて並んでいた。

「わざわざ、恐れ入ります。わたしは、当家の隠居、高右衛門と申します」

床の間を背にしていた老爺が名乗り、

「これは、女房のさき。それが、嫁の鹿でございます」

隣りの女房、続いて庭に背を向けている嫁の名を告げた。

「あたしは、堀留の目明かしのりん。連れは、下っ引きの喜八と申します」

おりんが軽く頭を下げると、横にいる喜八も丁寧に頭を下げた。

「倅、恭助のことは、初五郎親分からお聞きのことだと存じますが」

「はい。去年の川開きの日のことは、大まかに伺いましたので、一昨日、両国橋に行ってきました」

おりんが、橋番所で聞いた去年の死者にまつわる話を伝え、恭助の生死については、番所もお役所も判断は出来ていないのではないかというと、『香霖堂』の三人から、か細いため息が洩れ出た。

「でも、死んだということも、はっきりとは言えませんでね」

おりんの言葉に、老夫婦がふっと身を乗り出した。

「多くの目明かしや奉行所のお役人様からも耳にするんですが、重い病に罹《かか》ったか、何かで頭を強く打つかして、自分がどこの誰かということが頭からすっぽりと抜け落ちて、町をうろつき回る人もたまにはいるようです」

「へぇ。あっしも、知り合いの目明かしなどから、そんな連中がいることは聞いております」

喜八が、おりんの話に合わせると、老夫婦は救われたかのように顔を向け合った。

「しかし、恭助さんを見つけ出せない時、こちら様はどうなさるおつもりなんでしょうか。それによっては、あたしらは重い荷物を背負わなきゃなりませんので」

おりんはそういうと、軽く頭を下げた。

「ええ、ええ。それはよく承知しております。行方が分かるか生死がはっきりするに越したことはありませんが、わたしどもとしては、とにかく手を尽くして捜したいのですよ。その挙句、望みがないと分かれば、よそに奉公に出している弟の芳治《よしじ》を『香霖堂』に呼び戻すつもりでおります」

「そういうことなら、あたしらの気の持ちようも少しは楽になります」

おりんは、胸の内を正直に吐露した。かと言って、おざなりに済ませる気は毛頭ない。

「芳治をうちへ呼び戻すことになった時のことを申しますと、お鹿さえ承知なら、弟と夫婦になってもらいたいとまで考えておりまして」

高右衛門がそういうと、

「お義父《と》っつぁん、わたしは恭助さんの生死が分からないうちは、誰の嫁にもなるつもりなんかありませんから」

お鹿は高右衛門を睨《にら》むように見ると、怒りの籠ったような声を投げつけた。

その反応に、高右衛門と女房のおさきは、小さなため息をつくと同時に、落胆したように肩を落とした。

「おかみさん」

廊下の障子の外から、女の声が掛かった。

「なんだい」

お鹿が返答をすると、開けられた障子の外には年増《としま》の女中が手を突いていた。

「拝み屋の佳真尼《けいしんに》様が見えましたので、お言いつけ通り離れに案内したんですが、支度が済むまでは、誰も入らないようにということでございます」

薄気味悪いものでも見たような面持《おもも》ちで、女中はそう告げた。

『香霖堂』の離れは、隠居した夫婦と嫁のお鹿と対面した座敷から、庭に沿って縁を進んだ先にある一間（約一・八メートル）ほどの渡り廊下と繋《つな》がれている。

おりんと喜八が、お鹿や高右衛門夫婦と共に離れに案内されたのは、拝み屋が来てから四半刻《しはんとき》（約三十分）が経った時分だった。

離れは二間続きになっていたが、一同が通されたのは、渡り廊下に近い八畳間である。

障子を開けて部屋に入ると、正面には襖《ふすま》があった。隣室に向かって右手は床の間になっており、その床の間の前には、一間ほどの間隔で笹竹《ささだけ》が四隅に立てられ、四本の笹竹は注連縄《しめなわ》で繋がれていた。

注連縄の張られた一間四方はまるで結界のようで、床の間側に高さ三尺（約九十センチ）の白木の神棚が置かれ、燭台《しょくだい》には火の灯《とも》った蠟燭《ろうそく》が立ち、幣束《へいそく》と鈴が置いてある脇《わき》には、畳まれた書付があった。

神棚の前には、白の着物に緋《ひ》の袴《はかま》を穿《は》いた垂髪の女が、背を向けて座っている。女中が佳真尼と呼んだ拝み屋だろう。

「ご一同、我の後ろにお並びを」

重々しい声を出した佳真尼の指示に従い、おりんと喜八は、お鹿と高右衛門夫婦の後ろに並んで膝を揃える。

すると、神棚の書付を手にした佳真尼が、体を回して顔を見せた。皺《しわ》を隠す為《ため》か、神事の一環かは不明だが、佳真尼の顔には分厚い白粉《おしろい》が塗られており、唇には血のように赤い紅が注《さ》され、額には公家眉《くげまゆ》があった。

「我は、佳真尼じゃ」

拝み屋が声を発した途端、ぐぐ――うめき声のような音をさせて、隣りの喜八が口を押さえて俯《うつむ》いた。

懸命に笑いをこらえているが、佳真尼は気付いていないようで、おもむろに書付を広げた。

「尋ね人は、片門前一丁目に住まう恭助。当年三十。文政《ぶんせい》八年、乙酉《きのととり》、五月二十八日、両国にて、行方を絶つ。これに、間違いありませぬか」

「はは。川開きの花火見物に行ったまま、戻らないのでございます」

高右衛門は畏《かしこ》まって、佳真尼の方に上体を倒した。

「分かった」

ぶっきら棒な声を出した佳真尼は、書付を棚に戻すと、鈴を左手に、右手には幣束を持って立ち上がった。

そして、何やらぼそぼそと声を出し始めたが、ただの唸り声のようで、内容は聞き取れない。

やがて、鈴を鳴らし幣束を打ち振るようになると、祝詞《のりと》のようでもあり、呪文《じゅもん》とも思える文言を口にし始めた。

その声は次第に高まり、鈴の音も激しさを増すにつれ、佳真尼は体をくねらせ、髪を振り乱して幣束を打ち振る。

「はぁぁぁっ」

奇声を発した佳真尼が、突然、神棚の前に倒れ込んだ。

「佳真尼様」

お鹿が声を掛けると、

「神様の降臨中は、声を掛けてはならぬ」

佳真尼から激しい叱責《しっせき》が返って来た。

しんと静まり返った部屋に、通りを行く風鈴売りや冷水売りの声が忍び込み、やがて遠のいて行った。

「お告げがありました」

上体を起こして一同を向いた佳真尼は、おもむろに口を開くと、

「『香霖堂』恭助は、生きております」

佳真尼の重々しいお告げに、高右衛門が思わず「おぉ」と声を洩らしたが、斜め前に座っていたお鹿の横顔は、なぜか強張《こわば》ったように見て取れた。

それには喜八も気付いたようで、ふっと、おりんに眼を向けた。

「それで、恭助は今、どこにいるのでございましょうか」

空気を斬り裂くような声を発した高右衛門が、佳真尼の方へつつっと膝を進め、

「生きているのにどうして恭助は戻って来んのですかっ」

と、畳みかける。

「そのように詰め寄られると、神様は不機嫌におなりじゃっ」

佳真尼から怒声が飛んだとたん、

「ははっ」

高右衛門はその場にひれ伏し、それに倣ったお鹿とおさきも、慌てて手を突いた。

「神様の仰せである」

一同に体を向けた佳真尼の声が、一転して穏やかになった。

ひれ伏していた高右衛門たちがゆっくりと顔を上げると、佳真尼は、

「恭助は、帰る道を忘れていると思われる」

汗まみれの顔に笑みを浮かべて、囁きかけた。

部屋の中は粛として、声ひとつなかった。

三

『香霖堂』を出たおりんと喜八は、浜松町一丁目の四つ辻《つじ》を左へ折れて、東海道を日本橋の方へと足を向けた。

日は大分西に傾いて、街道の西側に立ち並ぶ家並は翳《かげ》っている。

二人が、最初の四つ辻に差し掛かった時、芝神明の方から出て来た着流しの若い男が足を止め、小路の陰に身を隠した動きを、おりんの眼は捉えていた。

そのことをさりげなく喜八に知らせ、二日前、嘉平治と浜松町に来た時も若い男に付けられたことも告げると、

「先の四つ辻で二手に分かれましょう」

喜八の囁きに頷いたおりんは、四つ辻を右に折れて、一人小路に入り込んだ。

小路の先は武家屋敷の塀が左右に延びて、丁字路になっていた。

丁字路を左へ曲がったところで、おりんは天水桶《てんすいおけ》の陰に身を隠す。

足音が足早に近づいて来て、角を曲がって来た若い男が、天水桶を通り過ぎたところで足を止めると、辺りに眼を走らせた。

「あたしに何かご用かい」

おりんが、天水桶の陰から姿を晒《さら》して声を掛けると、若い男は眼を剝いた。

やはり、初五郎の家を後にした嘉平治とおりんを追って来た浴衣の男だった。

「お前、二日前もあたしの跡を付けたね」

「おめぇたちこそ、こそこそ何をしてやがる」

声に凄《すご》みを込めると、男は威嚇《いかく》するように肩をそびやかした。

その時、丁字路を曲がって来た喜八が姿を見せ、

「おりんちゃん、こいつに縄を掛けちまおう」

と、鋭い声を上げた。

おりんは、袂《たもと》に忍ばせていた鉤縄を素早く取り出すと、巻いていた細縄を解く。

「な、なんなんだ、お前らはぁ！」

突然、怯《おび》えたような声を張り上げて後退《あとずさ》った男は、くるりと背中を向けて、ばたばたと駆け去って行った。


半刻（約一時間）ほど前まで明るみの残っていた堀留一帯も、いつの間にか暮れていた。

『駕籠清』の帳場の上で灯《つ》っていた八方は既に消されているが、衝立《ついたて》を境にしている囲炉裏端は、天井から吊るされた四方が灯されていて、明るい。

板張りに切られた囲炉裏の周りには、嘉平治、弥五平、喜八、おりん、それに、二丁の駕籠の帰りを待つお粂がいた。

浜松町の『香霖堂』に行っていたおりんは、夕刻、喜八とともに『駕籠清』に戻ってきていた。

「用がなけりゃ、うちで夕餉を済ませて行けよ」

嘉平治に勧められた喜八は、おりん一家に混じって夕餉を済ませたのだ。

その後、嘉平治と喜八は囲炉裏端に場所を移し、冷や酒を酌み交わし始めた。

そこへ、おりんとお粂も加わったのだが、『香霖堂』の人捜しの件が気になると言ってふらりと立ち寄った弥五平まで、酒宴に加わったのである。

『香霖堂』が佳真尼という拝み屋を呼んで、恭助の生死を尋ねた話が一段落したあと、おりんは、浜松町で若い遊び人風の男にあとを付けられた件を切り出していた。

すると、二日前も付けられた嘉平治は眉をひそめて、

「長年目明かしをしていると、知らず知らず恨みを買うこともあるからな」

珍しく沈んだ声で呟いた。

「だけど、今日のあの野郎の様子には、やむにやまれぬ恨みっていうんですか、そんなもんを抱えているようには見えませんでしたがね」

そういうと、喜八はおりんに眼を向けた。

「たしかに、喜八さんの言う通りだよ」

おりんは、東海道から小路を入ったところに身を隠した時のことを思い返す。待ち伏せていたおりんが、何か用かと、いきなり姿を晒すと、相手の男は滑稽《こっけい》なくらいのうろたえぶりを見せたのだ。

今思えば、恨みを晴らしに近づいたようには思えない。

どこかで焚《た》かれているのか、蚊遣《かや》りの臭《にお》いが流れ込んで来た。

「それよりもさぁ、さっきのその拝み屋ってのは、本当に神のお告げが聞こえるのかねぇ」

お粂の関心事は、もっぱら佳真尼の方にあったようで、

「そんなねぇ、人の生き死にが分かるご託宣なんか、あたしゃぁ、どうも信用ならないんだがねぇ」

鼻で笑うと、湯呑の冷や酒をちびりと舐《な》めた。

「あたしは、その恭助さんが生きてると口にしたお告げが正しいかどうかは、どうでもいいのよ」

「おりんさん、それはどうしてだね」

黙って聞いていた弥五平が、ぽつりと投げかけた。

「拝み屋の佳真尼が、恭助は生きていると口にした時の、女房のお鹿さんの顔付きが

気になったんだよ」

「それはおれも、そう思いました」

喜八は、うんうんと何度も頷くと、

「生きているという声に、女房はなんだか、困ったっていうか、戸惑ったような顔をしましてね」

喜八の感想に、おりんも大きく相槌《あいづち》を打った。

「つまり、亭主が生きているはずはないって思っていたというような顔つきってことか」

沈着な嘉平治の問いかけに、おりんと喜八は同時に頷いた。

「なぁんかあるね、こりゃ」

お粂は面白がって、片口の冷や酒を自分の湯呑に注ぐ。

「親分、いや、おりんさん」

嘉平治に話しかけた弥五平が、慌てておりんに顔を向けると、

「おっ義母《か》さんが言いなさるように、お鹿って女房と、行方の知れなくなった旦那《だんな》のことを、いちから調べた方がいいような気がしますがねぇ」

静かに語り掛けた。

「『香霖堂』の主の恭助が、去年の川開きに姿を消すまでの様子や、夫婦仲について

も掘り返してみる方がよさそうだな」

嘉平治が呟くと、弥五平は、

「それは、あっしと喜八で手分けして、なんとかやっつけますよ」

そう言い切って、喜八に眼を向けた。

「二人とも、本業はなんとかなるのかい」

「おりんちゃんの御用とあらば、やり繰りしてみせますよ」

喜八は、気遣いを口にしたおりんに向かって、とんと胸を叩いて見せた。


九つを知らせる鐘の音を聞いてから、ほどなく半刻が経とうという頃おいである。

雲に覆われた東海道は、真昼間だというのに薄暗い。

雨が降り出すような気配はないが、分厚い雲に遮られて、朝から一度も日は顔を出していなかった。

浜松町三丁目を通り過ぎたおりんは、東海道を南へ、金杉川へと向かっている。

『駕籠清』に集まった弥五平と喜八が、『香霖堂』の恭助とお鹿に関して、手分けして調べると口にした夜の翌日だった。

海辺の方から流れ込んで来る湿った風は、なんの加減か、いつにも増して潮の香りを強く感じさせる。

金杉橋を渡るとすぐ、一本目の小路を左へと折れた。

その小路を進み、陸奥会津藩松平家《むつあいづまつだいら》の塀に突き当たって、道なりに左に折れた川端に一棟の長屋があった。

形ばかりの長屋の木戸はあるが、住人の名を記した名札は、ひとつふたつしかなく、『佳真尼』という札は見当たらない。

木戸を潜《くぐ》って井戸のある方に向かうと、生魚を開いて干しているような臭いが鼻先にまとわりつき、猫の声が一段とうるさくなった。

おりんは、井戸端にしゃがみ込んで、巻いた荒縄で鍋《なべ》の底をがさがさと擦《こす》っている老婆に近づく。

「ものを尋ねますが、『猫助店《ねこすけだな》』はここでしょうか」

おりんが問いかけると、

「あぁ」

老婆は愛想のない声で答えた。

「こちらに、拝み屋の佳真尼さんがお住まいだと聞いて来たんですが」

「誰に聞いて来た」

老婆は、相変わらず鍋を擦りながら答える。

「芝神明門前の目明かし、初五郎さんから聞きまして」

その声に、老婆は手を止めて、おりんに眼を向けた。

初五郎に聞いたというのは、嘘《うそ》ではない。

直《じか》に会いたかったおりんは、差し障りのある『香霖堂』には行かず、初五郎の住まいに立ち寄って佳真尼の居所を聞いて来たのだ。

「お前、『香霖堂』の離れにおった娘だな」

ゆっくりと立ち上がった老婆が、ぼそりと口にした。

「あの」

「お住まいは、こっちだ」

おりんの声には応《こた》えず、鍋を井戸端に置いたまま、老婆が先に立った。

井戸端からどぶ板の嵌《はま》った路地を奥の方に進むと、老婆は注連縄の張られた戸口から家の中に入り込んだ。

「あの」

「入れ」

「はい」

おりんは、素直に返事をして、半畳ほどの土間に足を踏み入れた。

家の中は六畳ほどの板張りだが、片隅に置かれた白木の神棚には鈴や燭台が置かれ、四方の壁に沿って注連縄が張り巡らされてあり、柱に掛かった衣桁《いこう》には緋の袴がぶら下がっていた。

化粧っけのない顔には皺が刻まれており、『香霖堂』で見た拝み屋と同じ人物とは思えない。

しかし、『香霖堂』の離れにおった娘だなと口にしたのだから、この老婆が佳真尼に間違いないだろう。

「お前は、何者だ」

「りんと申しまして、堀留でお上の御用を務める目明かしをしています」

隠すことなく告げたおりんは、『香霖堂』から恭助捜しを頼まれていることも打ち明けた。

「我に、用はなんだ」

片膝を立てて板張りに腰を下ろすなり、佳真尼から声が掛かった。

「ひとつは、『香霖堂』には誰のお声掛かりで行くことになったのかということなんだけどね」

框に腰を掛けたおりんは、半身になって佳真尼の方を向いた。

「ここに使いに来た者は、『香霖堂』の隠居に頼まれたと言っておった。このあたりじゃ、我の名《な》は知れておるから、訪ねてきたのじゃよ」

拝み屋の装りを解いても、佳真尼は尊大な物言いをした。

「それじゃ、もうひとつ。どうして、恭助さんは生きていると分かったのか教えてもらいたいし、どこにいるのかも是非」

「馬鹿者めがっ」

佳真尼が、いきなり声を荒らげ、

「われは、降臨なされた神からの声を伝えるだけじゃ。生きておるとの声が聞こえたからこそ、口を衝《つ》いて出たんじゃ」

「それじゃ、恭助さんはどうして家に戻らないのか、どこでどうしているのかというお告げはなかったのかい」

「なかった」

佳真尼の声は素《そ》っ気《け》ない。

「神様は、そのあたりのことまではお分かりにならないってことなんだろうか」

「そうではない。お告げの後も何か言っておられるが、声が低く、聞き取りにくいことがあるのじゃ。神様は、気に入った供え物かどうか、拝み料の値によって、声を使い分けるという悪戯《いたずら》を、たまになされるのじゃよ」

「というと、拝み料をいくら出せば、神様の声ははっきりと聞こえるんだい」

「頼む人の、覚悟と度量次第よ」

そう口にした佳真尼は、ふふふと声を出して、片頰《かたほお》で笑った。

なるほど――胸の内でおりんは叫んだ。
拝み料の多寡、依頼人の物腰や己の心証次第で、佳真尼はお告げを変えるのに相違ない。

「おや、用事はお済みかい」

瀬戸物屋に入って行くと、土間の奥の板張りに腰掛けていたおきんが顔を上げて、おりんに笑顔を向けた。

「拝み屋の佳真尼さんに会って、話をすることが出来ました」

「うちの人も待ってたようだから、奥へ上がってお行きよ」

「はい。初五郎親分にお聞きしたいこともありますから、遠慮なく」

おりんは、おきんの脇から板張りへと上がった。

その時、おきんは一尺四方の木箱に幾らかの銭を入れて、蓋をした。

「これは、うちの千両箱ですよ」

そう囁いて笑い声を上げたおきんは、

「うちの人がしびれを切らしますから」

奥の方を指し示した。

おりんは軽く頷いて奥の部屋へ足を向けた。

た。

庭に近い所で胡坐をかいていた初五郎が、部屋に入ったおりんを笑顔で迎えてくれた。

「おお。来たね」

初五郎の近くに膝を揃えると、佳真尼の住まいを教えてくれた礼をいい、

「さっきは急いでおりまして、詳しいことは口に出来ませんでしたが」

昨夜、嘉平治や下っ引きたちと話し合った時に持ち上がった、お鹿への不審に触れた。

恭助は生きているという佳真尼の言葉に、お鹿が戸惑いを見せたのはなぜか。

直に会って話を聞けば、なにか分かるかもしれないと思ったのだが、佳真尼からはなんの手がかりも得られなかったと、大まかに打ち明けた。

「お父《と》っつぁんや下っ引きたちは、恭助さんとお鹿さんの夫婦仲がどうだったのかなんて、気を回したりしてましして」

おりんが苦笑いを浮かべると、

「あの二人が夫婦になるには、ちと、込み入ったこともなくはなかったからねぇ」

ほんの少し思案した初五郎が、意外な話をぽつりと洩らした。

「込み入ったといいますと」

声を低めたおりんは、身を乗り出した。

お鹿は、芝神明からほど近い、三島町《みしまちょう》の裏店で生まれたのだと、初五郎は切り出した。

その裏店は『香霖堂』の持ち物で、お鹿の父親の六助《ろくすけ》は腕のいい指物師だったという。

「だが、酒と博奕《ばくち》が六助を駄目にしたんだよ」

初五郎はそういうと、小さく息を吐いた。

六助は、洗濯屋の仕事を請け負う女房や、十三、四になって半襟屋の台所で働くお鹿の稼ぎを酒代に回して、仕事に身を入れなくなった。

「そんなお鹿を、芳治が心配したんだよ」

初五郎が口にした芳治という名に聞き覚えがあった。

昨日、隠居の高右衛門と会った時に耳にした、恭助の弟の名である。

「芳治さんとお鹿さんは同い年で、小さい時分から仲良く遊んでいたんだよ。三島町の火除明地《ひよけあきち》やら神明の境内で遊んでる姿をよく見かけたもんだ。それに、裏店の家主の倅でもある芳治さんは、お鹿さんが二親と暮らす家にもよく顔を出していましたよ」

お鹿や母親の困窮ぶりを目の当たりにしていた芳治は、折に触れ、家から米や青物などを持ち出してはお鹿の家に届けていたようだと言って、初五郎は軽く唸った。

お鹿と芳治の仲の良さは近所の者は大概が知っていた。いずれお鹿ちゃんは芳治さんと夫婦になるに違いない。そんな噂《うわさ》が立ったこともあったが、それが叶うことはなかった。

「それはどうして」

おりんが尋ねると、

「『香霖堂』を継ぐのは跡継ぎの恭助さんさ。次男坊は他所に奉公に出るか、自力で商いを始めるしかないが、十七になった芳治さんは、三田《みた》の『川村屋《かわむらや》』という仏具屋に奉公することになったんだよ」

初五郎は淡々と述べ、さらに、それから二年が経って、十九になったお鹿は、『香霖堂』に望まれて、恭助の嫁になったのだ。

お鹿は芳治を待てなかったのかね——そう言おうとして、おりんは止《や》めた。

他家に奉公することになった者は、途中で独り立ちするか、十年十五年という年月《としつき》を経て番頭になるまで所帯を持てないのが商家勤めの決まり事だということを、幼馴染みのお紋から聞いたことがあった。

お鹿には、『香霖堂』を出た芳治と夫婦になる目はなくなったのである。

「お鹿さんのおっ母《か》さんは、古くなった『香霖堂』の長屋から、芝六軒町《しばろくけんちょう》の『才蔵店《さいぞうだな》』という長屋に移り住んでると聞くが、亭主の六助が三年前に死んでからは、のんびりと暮らしているようだよ」

　初五郎がそう口にした時、坪庭にすっと日が射した。

「お天道様の顔見世だな」

　呟いた初五郎は、庭の方に体を突き出して見上げた。

「昨日、ご隠居の高右衛門さんが、恭助さんが戻らない時は、芳治さんを『香霖堂』に呼び戻して、お鹿さんと夫婦にしたいというようなことを口になさいましたが」

「ほう。それで」

　初五郎が興味を示した。

「でもお鹿さんは、恭助さんの生死がはっきりするまでは、誰とも夫婦になるつもりはないと、きっぱりと答えました」

　おりんがそういうと、

「なるほど」

　初五郎は、しみじみとした口調で呟くと、

「仲の良かった芳治と所帯は持てなかったが、恭助と夫婦になって六年。日々を重ねれば、夫婦の情も厚くなっていったということかもしれないねぇ」

　片手で頬を撫《な》でた。

　年輪を経た初五郎の言葉は、おりんの胸に染み入っていた。

四

すっかり日は落ちて、堀留一帯は夕闇《ゆうやみ》に包まれている。

まだ明るみが残っているから、六つ半という頃おいだろう。

昼の日射しが消えてしばらく経つというのに、湿り気のある空気が立ち込めている。

梅雨時のせいもあるが、堀や川の近い場所柄かもしれない。

そろそろ梅雨明けじゃねぇのか——このところ、『駕籠清』の駕籠舁き人足たちが顔を合わせると、そんなやり取りが飛び交っていた。

「あと十日もすれば梅雨は明けると思うがね」

帳場に座っていたお粂がそんな声を張り上げると、

「番頭さん、そうなると、あっという間に秋ですぜ」

「秋になっちゃ、何かまずいことでもあるのかい巳之吉《みのきち》」

駕籠舁きの巳之吉に言い返したお粂の言葉を背中で聞いて『駕籠清』を後にしたおりんは、堀江町入堀の西岸を万橋の方へと向かっている。

拝み屋の佳真尼の長屋を訪ねたのは、昨日の六月八日のことだった。

その日の夕刻、『駕籠清』に戻ったおりんは、調べを終えて立ち寄っていた弥五平と、嘉平治を交え、その日に知り得たことを話し合った。

芳治と幼馴染みのお鹿が、芳治の兄の恭助と夫婦になった経緯を話すと、

「恭助にはあちこちに遊び仲間がおりましたよ」

恭助の身辺を調べていた弥五平は、そう切り出した。

去年の夏、行方が分からなくなる直前まで付き合いのあった遊び仲間によれば、恭助には外に、二人の女がいたということだった。

「それじゃ、明日は、弥五平には恭助さんの遊び仲間たちから話を聞いてもらうが、異存はねぇか」

嘉平治にお伺いを立てられたが異存はなく、おりんは二人の女に会って、話を聞いてくるという段取りがついたのが、昨夕のことだった。

そして今日、二人の女に会ったおりんが『駕籠清』に戻ると、

「今日の調べについて、下っ引きの慰労を兼ねたいので、堀江町の『豆助《まめすけ》』に来るように」

嘉平治がそんな言付けを置いて、ほんの少し前に出掛けて行ったと、お粂は不満げに口を尖《とが》らせたのだ。

『豆助』というのは、堀江町一丁目の万橋の袂にひっそりとある、老夫婦が二人で切り盛りしている小体《こてい》な料理屋である。酒も飲ませるが、この店には料理を目当てに訪

れる客が多い。

「お久しぶり」

暖簾を割って、おりんが店の狭い土間に足を踏み入れると、壁際の細長い板張りには客の姿はなく、

「奥だよ」

白髪交じりの幸吉《こうきち》が、格子窓の嵌った板場の中から、奥の方を菜箸《さいばし》で指した。

「喜八さんは一緒じゃなかったのかい」

幸吉の横で皿を拭《ふ》いていた女房の小喜美《こきみ》から問われたおりんは、

「『駕籠清』に戻ったらここに来るようにって、お祖母《ばあ》ちゃんに頼んできたのよ」

そういうと、土間の奥にある三畳ほどの板張りの間に上がり込んだ。

そこには酒肴《しゅこう》の載った高足膳《たかあしぜん》が二つ並び、嘉平治と弥五平が向かい合って、酒の肴《さかな》に箸を伸ばしていた。

「喜八は、まだのようだな」

嘉平治には、小喜美に返事をしたおりんの声が届いていたようだ。

「飲み食いだけなら『あかね屋』でもよかったが、調べの話をするには客がうるさいからな」

そういうと、嘉平治は盃《さかずき》に残っていた酒を飲み干した。

『あかね屋』は、おりんの亡き母、おまさと因縁の浅からぬ、お栄《えい》が営んでいる居酒屋である。しかし、結構な人気でいつも賑わっているから、込み入った話をするには難があった。

その点、『豆助』は混み合っても、十人で一杯になる。奥の三畳の板張りは、幸吉夫婦の仕事に掛かる前の控の間であり、客を入れることはなかったが、嘉平治が頼めば、快く使わせてくれるのだ。

「これはおりんちゃんの分」

土間に立った小喜美が、酒肴の載った高足膳を三畳間の板張りに置いた。

「小喜美さん、このあとの料理は喜八が来てからにするよ」

「わかりました」

小喜美は嘉平治に頷くと、土間の障子戸を閉めた。

「喜八を待ってもなんですから口火を切りますが、おりんさんが初五郎親分から聞いたという話が気になって調べてみますと、『香霖堂』の恭助さんと弟の芳治さんの間には、小さい時分から、睨み合いというほどのことじゃありませんが、妬《ねた》みのようなもんがあったようです」

弥五平が静かに口を開いた。

恭助と芳治は小さいころから同じ手跡指南所に通っていたのだが、読み書きの成績は芳治の方が良く、性格も温厚な芳治の方が周りの評判は良かったと、弥五平は話した。

親戚《しんせき》や同業者からは、『香霖堂』は芳治に継がせて、恭助の方を外に出した方がよいのではないかという声まで上がっていたという。

そんな評価は、いつしか恭助の耳にも入るようになった。

恭助の妬みや僻《ひが》みは、やがて芳治への憎しみへと変わって行ったようだ。

「そんな恭助の傍から離れようとしたのか、芳治は父親に頼み込んで奉公先を探してもらい、十七になった早々、三田の仏具屋に住み込んだのだと思います」

弥五平の話した恭助の印象は、おりんの思いとはかなりかけ離れていた。

今日、おりんが最初に会ったのは、木挽町《こびきちょう》四丁目で三味線の師匠をしている、二十四になる女だった。

「去年の川開きには、わたしが恭助旦那と行くことになってたんですよ」

女師匠はそう言って口を尖らせたのだ。

川開きの当日は、両国の料理屋で夕餉を摂った後、船を仕立てて大川に出て花火見物をすることになっていたという。

その日は、木挽町の女師匠の家で落ち合うことになっていたのだが、昼前、恭助に頼まれて来たという男から、落ち合う場所を柳橋《やなぎはし》に変えたいと告げられたのだった。

「その女師匠は、言付けの通り、柳橋の船宿『喜多川《きたがわ》』に七つ半（五時頃）に着いたらしい。ところがね、六つ（六時頃）になっても恭助は現れず、日が暮れて花火が打ちあがる段になっても姿を見せないもんだから、腹を立てて木挽町に帰ったというんだよ」

「おりんさん、そのことは、『喜多川』で確かめたんでやしょうね」

弥五平に尋ねられたおりんは、頷いた。

『喜多川』には一年前の宿帳が残っており、去年の川開きの日に、『恭助』の名で二人分の料理が頼まれていたことが書き記されていた。

「その後、腹の虫の治まらない女師匠は、恭助のことは放《ほう》っておいたらしいんだけど、何にも言って来ないのが気になって、十日ばかりしてから片門前近辺であれこれ聞き回ったようだね。すると『香霖堂』の主が行方知れずになったと知って、慌てて木挽町に取って返したそうだ。それから後も、恭助からの音信は一切ないといっていたけど、それに嘘はないと思うね」

「恭助の、もう一人の情婦にも会えたのか」

「うん。会えた。泉岳寺《せんがくじ》門前の、茶店のお運び女だったよ」

おりんは嘉平治に頷き、今年十九の女だったと付け加えた。

十九になる色黒の女はお駒《こま》といい、荏原村《えばらむら》から出て来たという百姓家の娘だった。

恭助と懇ろになったのは、一年半前のことだとお駒は言った。月に二、三度、出合茶屋で会っていたが、一年前から茶店に姿を見せなくなったのだと、お駒はそうおりんに話した。

「あの人ね、店に来なくなる少し前から、今の女房は家から追い出すから、おれと夫婦にならないかなんて、あたしに言ったんだよ。二度も三度もさぁ。けど、断ったよ。あたしに、お店の女房なんか務まるわけないじゃないか。そしたらあの人、何も惚《ほ》れて女房にした女じゃないんだなんて言い出してさ。弟といい仲だったから、おれが引き裂いてやったんだなんてね。子もないから、そろそろ追い出すつもりだと笑ったのが、あの人と最後に会った日のことだったよ」

「お駒さん、恭助さんが茶店に現れなくなって、どう思ってたのさ」

おりんが尋ねると、

「あぁ。あの人は、情のない人だと思うことにしただけだよ」

そう口にして、お駒は、ふふふと、笑い声を洩らしたのである。

「恭助って男の腹の底はだいぶ見えてきたが、行方をくらますとっかかりが分からねぇなぁ」

ため息混じりで呟くと、嘉平治は自分の盃に酒を注いだ。

「奥でお待ちかねだよ」

店の方から、障子越しに小喜美の声がした。

ほどなくして障子が開くと、

「遅くなりまして」

土間に現れた喜八が、三畳間に上がり込んだ。

追うようにやって来た小喜美が喜八の高足膳を置くと、

「おいおい料理を運びますからね」

返事も聞かず障子を閉めた。

「どうだったい」

嘉平治が、喜八の盃に徳利《とつくり》の酒を注ぎながら問うと、

「へへへ、面白いことになって来やした」

一口酒を舐めて、盃を膳に置くと、喜八は少し改まった。

「今日も増上寺の近辺で『香霖堂』の話を聞き回っていたんですが、九つの鐘が鳴って半刻ばかり経った時、店の中からお鹿が出て来ましてね」

好奇心もあってついお鹿の跡を付けたとも、喜八は声をひそめて打ち明けた。

『香霖堂』を出たお鹿は、中門前三丁目の菓子屋で団子と饅頭《まんじゅう》を買い求めると、東海道を芝の方に向かったという。

「行先はなんてことはない、おっ母さんの住む芝六軒町の『才蔵店』でした。そこに

入ってほんの少ししたら、そうだなぁ、年のころなら二十五、六のお店者が、家の中に入って行ったんです」

「ほう」

嘉平治が興味を示すと、弥五平まで箸を持つ手を止めた。

お店者が家の中に入ると、ほどなく戸が開いて、今度はお鹿と連れ立って表に出て来たのだと、喜八は口にした。

「その後二人は、近くの小さな寺の境内に入りまして、ほんのしばらく立ち話をしたら、お鹿が先に寺を出ましたんで、あっしは、その後に出て来たお店者の行く先を確かめることにしました」

喜八の話に、おりんも嘉平治も弥五平も、声もなく引き込まれていた。

「お店者が向かったのは、芝金杉裏の『猫助店』に住む、拝み屋の佳真尼の家でしたよ」

「なんだって」

おりんは思わず声を上げた。

「中でどんな話をしたのかは聞き取れませんでしたが、四半刻ばかりで出て来たお店者のあとを付けましたら、東海道を上って札辻の高札場の角を右に曲がって、三田三丁目の仏具屋『川村屋』に入って行きましたよ」

「『川村屋』だって？」

おりんが、頭のてっぺんから声を出した。

冷静に頷いた喜八は、

「そのお店者は、土間を上がると帳場に座っていた番頭らしい男に帳面を見せて、なにやら報告を済ませると、その近くで算盤《そろばん》を弾《はじ》き始めたんだよ。それであっしは、隣りの石屋の小僧を呼び出して、中で算盤を弾いているのは誰だと聞くと、あれは、手代の芳治さんですと、昨日まで洟《はな》を垂らしていたような小僧が、教えてくれました」

喜八の報告を聞いて、誰からも声が上がらなかった。

料理を運んで来た小喜美は一同の様子を察したらしく、黙って皿や丼《どんぶり》を並べると、声も掛けず三畳の板張りを出て行った。

「芳治とお鹿は、断ち切ったように振る舞っていながら、ひっそりと思いを繋げていたのかもしれねぇな」

嘉平治がため息混じりに口を開くと、

「お鹿は、芝の母親を訪ねると言えば、いつだって『香霖堂』から出られるし、仏具屋に奉公する芳治は、近隣の寺や商家に届けたり、御用聞きに回ったり出来るっていう寸法ですよ」

弥五平は呆《あき》れたような口ぶりをして、苦笑いを浮かべた。

「これは、ちと面妖《めんよう》なことになったぜぇ」

呟きに似た物言いをした嘉平治は、困り切った様子ではない。

むしろ、これからどうなるのかを楽しむように、片手でつるりと頬を撫でた。


東海道から増上寺の大門に通じる広い通りは、日が落ちてからさらに賑わいが増したようだ。

夏の宵は、多くの人が涼を求めて表へと出る。

そのうえ、大寺の門前には多くの料理屋、居酒屋、楊弓場《ようきゅうば》などが軒を並べており、訪れる人を飽きさせない。

この日も市松の猪牙船に乗せてもらったおりんと嘉平治は、日が沈む前の六つ頃、増上寺裏門前海手で船を下りた。

「一緒に夕餉を摂ろうじゃないか」

嘉平治が市松を誘ったが、

「ちょいと行くところがありまして」

頭に手を遣って断った市松は、堀留へと引き返して行ったが、遊び仲間と深川あたりで羽を伸ばすのに違いないと思われた。

おりんと嘉平治は、中門前の鰻屋《うなぎや》でゆっくりと夕餉を摂った後、片門前一丁目の

『香霖堂』に足を向けていた。

堀江町の料理屋『豆助』で、お鹿と芳治の繋がりを喜八から聞かされた翌日の、六月十日である。

この日の昼頃、『香霖堂』のお鹿から使いが来て、〈今夜六つ半、再度、恭助の生死について神のお告げを聞きますので、『香霖堂』においでいただきたい〉という言付けを受け取っていたのだ。

そのことは、今朝早く佳真尼を訪ねた時に聞き出していたので、おりんに驚きはなかった。

いつものように、八丁堀の磯部家へ朝の挨拶に行った帰り、おりんは芝金杉の佳真尼の家に足を延ばしていた。お鹿と会った芳治が、なぜ、佳真尼に会いに立ち寄ったのかを問い質《ただ》そうと思ったのである。

「昨日、芳治さんが訪ねて来たのは、どんな用だったんだい」

『猫助店』の土間に立ったおりんが声を掛けると、朝餉を摂っていた佳真尼の手がびくりと止まり、体を石のように固まらせた。

しばらくは知らぬと言い逃れていた佳真尼だが、おりんの追及に抗しきれず、今夜再び『香霖堂』に呼ばれていると口を割った。さらに、その場で、『恭助は死んでいる』というお告げをするよう芳治に頼まれて、三両（約三十万円）を受け取ったことも白状した。

そのことを知ったおりんは、『香霖堂』の家族には秘したまま、招きに応じてやって来たのである。

表戸を閉めた『香霖堂』の潜り戸を叩くと、中から開けられ、おりんと嘉平治はこの前も通された離れへと女中に案内された。

そこには以前と同じように注連縄が張られ、その結界の中には、以前と同じ装りをした佳真尼が、神棚を前に膝を揃えていた。

おりんと嘉平治は、以前喜八と来た時と同じように、お鹿と高右衛門夫婦が並んでいる後ろに膝を揃えた。

すぐに佳真尼が祝詞のような文言を口にし、やがて、神に憑《つ》かれたように体を震わせて、畳に突っ伏した。

そして、やおら体を起こすと、

「恭助は生きておる」

佳真尼はそう口にした。

それを聞いてぴくりと背筋を伸ばしたお鹿に眼を遣ると、その横顔には激しい動揺が見て取れた。

「一年前の五月二十八日、両国の川開きに行った恭助は、人混みに押されて大川に落ちたのじゃ。泳ぎも出来ず、水に濡れた着物は重く体にまとわりつき、下へ下へと川を流れ行き、気が付けば芝の浜へ辿《たど》り着いてしもうた」

「芝の浜なら、ここからすぐの所じゃありませんか」

　高右衛門が大声を上げたが、

「黙れっ」

　佳真尼の叱責に、慌てて肩をすぼめた。

「浜に打ち上げられた恭助は、己の名も住まいもすっぽりと頭から抜け落ちており、助けてくれた漁師の計らいで、網干し場の小さな物置小屋を塒《ねぐら》にしているようじゃ」

「お前さん、あたしはこれから網干し場に行ってみますよ」

　突然甲高い声を上げたおさきが、立ちあがろうとすると、

「いいえ、おっ義母さん、夜道は暗うございますから、今夜はわたしが一人で確かめに」

　腰を浮かしたお鹿が、押しとどめた。

「なにをざわざわ騒いでおるのか！」

　佳真尼が一喝すると、おさきとお鹿は畳にひれ伏した。

　離れがしんと静まると、

「普段の恭助は、当てもなく町をさまよっておる。だが、時々、思い出したかのよう

に網干し場に現れては、物置きで眠ることがあると、神様は申しておられる」

佳真尼は、芝居じみたように、恭しく神のお告げを口にした。

五

芝浜は、東海道に面して軒を連ねる本芝一丁目から四丁目の海側にある。

北東の端にある越前鯖江《えちぜんさばえ》藩間部《まなべ》家の下屋敷から南西方向に延びた浜は、薩摩鹿児島《さつまかごしま》藩島津《しまづ》家の屋敷まで五、六町にも及ぶ。

片門前一丁目の『香霖堂』を出たおりん、嘉平治、それにお鹿は、四半刻足らずで芝浜に着いた。

「ともかく、恭助が寝泊まりをしている物置小屋を確かめたい」

母親のおさきは逸《はや》ったが、夜道は暗いといって留《とど》めたお鹿が行くことになったのである。

東海道が貫く本芝一帯は、旅籠《はたご》や居酒屋などからの明かりが零《こぼ》れていたが、一歩海側に進むと、僅《わず》かな月明かりしかない。

『香霖堂』の提灯《ちょうちん》に明かりを点《つ》けたおりんが先に立つと、浜に沿って立ち並ぶ物置小屋を、ひとつひとつ中を確かめて進む。

島津家の屋敷に隣接した鹿嶋社《かしましや》の辺りまで歩を進めたおりんは、一棟の小屋の扉を開けると、提灯を突き入れた。

人の気配はないものの、漁網や漁具が置かれた土間の一角には畳一畳ほどの板張りがあり、栄螺《さざえ》の貝殻を火屋《ほや》にした栄螺灯台や使い古された七輪があった。

さらに、板張りの天井には縄が張られ、手拭《てぬぐ》いや褌《ふんどし》が干してある。

「誰かが塒にしているようだな」

嘉平治が呟くと、お鹿は突然、まるで恭助の痕跡《こんせき》でも探すように、干してある手拭いや七輪に手を伸ばして触れた。

「昨日今日、ここにいたようには見えないね」

おりんの声に、嘉平治が「あぁ」と返事をする。

「わたし、時々、ここに来ることにしますよ」

小屋の中を見回したお鹿は、独り言のように呟いた。


翌日の夜は月が雲に隠れたが、真っ暗ではない。

東海道が貫く本芝に灯る町の明かりが闇夜を照らし、その照り返しが芝浜にまで微《かす》かに届いていた。

風が出ているのか、打ち寄せる波の音が昨夜よりも高い。

おりんと喜八が身を潜めている鹿嶋社の塀際から、小屋の立ち並ぶ物置場が窺える。

その中に、一棟だけ薄明かりの洩れ出ている小屋があった。

昨夜、七輪や栄螺灯台のあった小屋である。

「来ましたよ」

密《ひそ》やかな喜八の声がした。

本芝の家並の小路から、人影が浜に忍び出て来るのを、おりんの眼が捉えた。

「男だね」

喜八の声に、おりんは小さく頷き返す。

男の影は、薄明かりの洩れる小屋へ、ゆっくりと近づく。

「おれらも近くに」

小声を出して喜八が先に立つと、おりんも忍び足で後に続く。

足を止めた男の影が、小屋から洩れ出る明かりにくっきりと浮かび上がった。

黒い布を覆って顔を隠した男は、小屋の中を覗くと、やおら懐に手を差し入れて何かを引き抜いた。

洩れ出た明かりを照り返したのは、匕首《あいくち》の刃に違いなかった。

おりんは、袂に忍ばせていた鉤縄を急ぎ摑《つか》み出すと、巻いていた細縄を手際よく解く。

バタン！　――いきなり、隙間《すきま》だらけの扉を開けて、男が小屋の中に飛び込んだ。

くぐもった声と何かがぶつかる音がしたが、それは一瞬で、小屋の中はすぐに静まった。

「お前はなんだ」

突然、小屋の中から聞き覚えのない男の怒声がして、もののぶつかる音が響く。

すると、人影が外に転がるように出て来ると、それを追うように弥五平が姿を見せた。

おりんが先に出て来た人影の脛に右足をひっかけると、音を立てて腹から倒れた。

「お見事っ」

おりんに声を掛けた喜八が、倒れた男の背を膝で押さえ込み、動きを封じた。

「おりんさん、顔を」

弥五平に促されて、おりんは男の被《かぶ》り物を引き剝《は》がした。

「こいつは、『香霖堂』の二男坊の芳治だよ」

喜八がそういうと、芳治は、砂地に押し付けられた顔を歪《ゆが》めた。

「ここには、お鹿さんが来ると思っていたんだが、あんたが現れるとはねぇ」

おりんは、正直な感想を口にした。

そして、芳治が佳真尼の家を訪ねたわけを知って、罠《わな》を張ったことを打ち明けた。

「お前さんが一昨日、『猫助店』に行って、『恭助は死んでいるというお告げをしてくれ』と、三両を渡して佳真尼に頼んだことは、聞き出していたんだよ。だが、こっちは三両以上の金は出せないから、十手をちらつかせたり、お上のご威光を笠《かさ》に着たりして佳真尼を脅し、恭助は生きていると言わせたのさ」

おりんが佳真尼に頼み込んだのは、神のお告げだけではなかった。

大川を流された恭助は芝浜に辿り着いて、物置小屋を塒にしているとも言わせたのだ。

昼間のうちに、暮らしの痕跡を設えていた小屋を見せたのは、お鹿と芳治がその後どう出るかを見ようという謀《はかりごと》だったのだとおりんがさらけ出すと、

「はぁ」

芳治は切なげなため息をついて、漁網に押さえつけられたまま、唇を嚙んだ。

二日ばかり、曇ったり小雨が降ったりと、雷混じりの天候が続いた。

「雷が鳴れば、梅雨明けが近いということさ」

梅雨空を見上げたお粂が、昨日口にした通り、今日は朝から晴れ上がっていた。

「ほら、わたしが言った通りじゃないか」

今朝早く、『駕籠清』の庭で青空を見上げたお粂は、横に立ったおりんに胸を張っ

たものだ。

　おりんと二人の下っ引きが、芝浜の小屋に飛び込んだ芳治を取り押さえてから三日が経っていた。

「自身番に、北町奉行所の仙場様が、浜松町の目明かし、初五郎さんとお出《い》でになりまして、おりんさんがお出でなら、来てもらいたいということでした」

　夕刻の七つ（四時頃）を少し過ぎたころ、自身番に詰めていた町内の男が『駕籠清』にやって来てそう告げた。

　嘉平治は半刻前に知人の病気見舞いに出掛けていたので、おりんは一人で堀留の自身番に向かった。

「この初五郎から、浜松町の念珠屋の顚末《てんまつ》はきいた」

　おりんが自身番の畳の間に上がるとすぐ、仙場辰之助から声が掛かった。

　相変わらず情の籠らない物言いだったが、それにはもう大分慣れている。

「おりんさんに、その後のお調べのことを知らせておこうと思って来たんだよ」

「そんなこと、わざわざお出で頂かなくても、声を掛けて下されば、こちらから伺いましたのに」

　おりんは、足腰を弱らせている初五郎を気遣った。

「なぁに、北町の仙場様にもお知らせしなければならなかったので、いい折でしたよ」

初五郎は笑みを浮かべて片手を打ち振った。

「お鹿は、恭助と夫婦になった後も、芳治との間を裂いた恨みを消していなかったようだね」

捕えた芳治とお鹿の調べを引き受けていた初五郎が、静かに口を開いた。

恭助は、酒癖の悪かった父親の六助に酒代や暮らし向きの金を渡して恩を着せ、お鹿にも否やを言わせないほどの金額を融通し続けた挙句、嫁にしたようだ。

そんな卑劣な手を使って女房にしたにも拘《かか》わらず、恭助はお鹿をないがしろにし、商いには身を入れず、方々に女を作った。

その女の存在を、恭助は隠そうともしなかった。

「わたしは、端《はな》から虚仮《こけ》にされていたんですよ」

初五郎の調べに対して、お鹿はそう呟き、悔し涙を零したという。

そんなお鹿に同情を寄せたのが芳治だった。

仕事に身を入れない恭助のせいで、『香霖堂』の商いに影が差しているということを高右衛門から聞かされていた芳治は、

「恭助さえいなければ、お鹿と二人で『香霖堂』を立て直せる」

そんな思いに駆られたのだと、調べに対して自白していた。

芝六軒町に住むお鹿の母を仲介にして、二人は、十日に一度ほど外で会うことが出来た。

そして、恭助を亡き者にしようという機運が出来ていった。

恭助が居なくなれば、二人は夫婦になれる——お鹿と芳治は、一度は諦めた望みに向けて、突っ走ったのである。

「去年の川開きには、恭助は木挽町の三味線の師匠と連れ立って行くと知って、芳治さんと相談して、二人を会わせないように仕組んだんです。師匠には、船宿で待ち合わせると知らせ、恭助には師匠の名で、大川端の薬研堀《やげんぼり》、難波橋《なにわばし》の袂で六つ半に待つという文を届けさせました」

その日の六つ半に難波橋に着くと、御高祖頭巾《おこそずきん》のお鹿は、人混みを縫うようにして岸辺に立っている恭助に近づき、人に押されたふりをして水際にまで寄せた挙句、脇腹に簪《かんざし》を突き立てた。

「あぁ」

恭助は声を発したが、あちこちで奇声や怒声が湧《わ》きあがっている両国では、誰も気に留めなかった。

腹を押さえた恭助の姿が、岸辺から大川の流れに落ちたのを確かめると、お鹿はその場を立ち去ったと、凶行の夜のことを白状した。

「ですから、恭助は生きているという佳真尼のお告げを聞いた時、お鹿は肝を潰《つぶ》したと言っていたよ」

初五郎はそう言って、調べの顚末をおりんに伝えてくれた。

日はすっかり西方に沈んで、築地本願寺の大伽藍《だいがらん》も、海辺にある大名家の屋根も黒い影になっている。

川開き以降は、大川に納涼の船を出すことも許されるので、海上のあちこちに屋根船が浮かび、音曲や歓声が響き渡っていた。

市松の漕ぐ猪牙船が、明かりの映る水面《みなも》を斬り裂くように浜松町へと舳先を向けている。

おりんは、初五郎と並んで、海風を顔に浴びていた。

「親分さん、芝神明には船で送り届けますよ」

歩いて帰るという初五郎を押しとどめると、おりんは鎧ノ渡の仕事を終えたばかりの市松に頭を下げて、猪牙船を一朱で借り上げたのだった。

いつも着ける増上寺裏門前海手で猪牙船を下りると、市松を堀留に帰し、おりんは初五郎と並んで芝神明門前町へと足を向けた。

堀留からの船旅の間に、町はすっかり夜の帳《とばり》に包まれている。

女房のおきんにやらせている瀬戸物屋の戸は既に閉められており、

「こっちへ」

初五郎は、隣家との間の小道へとおりんを導く。

「明かりがねぇな」

戸口の前に立った初五郎が呟くと、いきなり戸が開いて、おりんの前に人影が飛び出してきた。

咄嗟《とっさ》に避《よ》けると、人影はつんのめった挙句に小道に倒れた。後から出て来たもう一つの人影がおりんと初五郎に気付いて「あぁ！」と声を上げると同時に、抱えていた木箱を足元にガシャンと落とした。

「それは、女房の千両箱じゃねぇか」

初五郎の叫び声に、おりんは咄嗟に押し込みだと察し、

「親分は倒れた男を！」

言うが早いか、懐に差し込んでいた十手を引き抜いて、箱を落とした男の首筋に叩き入れた。

男はウウとうめき声を上げてのたうち回り、初五郎は倒れた男の帯を解いて首に巻き付けると、両腕を縛り上げた。

おりんと初五郎は、動けなくなった男二人を戸口から中に引きずり込み、背中合わ

せにして柱に凭れさせた。

おりんが、袂から取り出した鉤縄を素早く解き、背中合わせにした男二人を柱に括《くく》りつけた。

「おお」

初五郎は、おりんの手際に声を上げると、急ぎ板張りの行灯《あんどん》に火を灯し、

「おきん」

と声を発した。

板張りの隅に、猿轡《さるぐつわ》を嚙《か》まされたおきんが手を縛られて転がされていた。

おりんが急ぎ猿轡を外すと、

「店を閉めたとたん、兵六《ひょうろく》が勝手口から押し込んで来たんですよぉ」

おきんは、柱に縛られた男の一人を指差した。

抱えていた木箱を落とした男は、おどおどと顔を伏せた。

「兵六、おめぇって奴は」

初五郎が顔を伏せた男の顎に手を遣って、顔を上げさせた。

「お前は」

おりんが、その男の顔を見て声を上げた。

初五郎の家を後にした嘉平治とおりんを付け、喜八とともに浜松町に来た時も跡を

付けた男に違いなかった。

そのことを告げると、

「この男は、以前、おれの下っ引きをしていた奴なんだよ」

初五郎はそう言うと、目明かしの下っ引きを務めていることをひけらかした兵六の素行があまりにも眼に余ったので、ひと月前に辞めさせたばかりだと吐き出した。

「おれを辞めさせる時だって一文もくれねぇから、いつか店の金を盗《と》ってやろうとその折を狙《ねら》ってたんだよぉ」

兵六は、自棄《やけ》のように叫んだ。

そして、おりんや嘉平治、そして喜八という見知らぬ連中が初五郎に近づいたので、機を窺っていた兵六は、何者かと気になって跡を付けたのだと白状した。

初五郎の家に押し込んだ兵六と仲間は、町役人たちの立ち会いのもと、初五郎の手で自身番に繋がれた。

それを見届けたおりんが、自身番の外に出ると、

「いろいろ済まなかったよ」

見送りに出て来た初五郎から詫《わ》びの言葉を掛けられた。

「とんでもない。お役に立てたとしたら、嬉しい限りです」

おりんは、偽りのない気持ちを声にした。

すると、

「おれの下っ引きのことで厄介を掛けることになって、なんとも心苦しいが、ただ一つ嬉しかったのは、お前さんの働きぶりを垣間見《かいまみ》られたことだよ」

そう言って、初五郎は目尻《めじり》を下げた。

「それでは、あたしはこれで」

腰を折って辞儀をすると、おりんは日本橋の方へ足を向けた。

「たまにはこっちに顔をお出しよ」

「近いうちに、是非伺います」

初五郎の誘いに返答したおりんの気持ちに、嘘はなかった。

初五郎の言葉が、おりんにはありがたく響いた。

だが、そのことを嘉平治に言えば、

『褒められたからっていい気になるんじゃねぇよ』

そんな言葉が返って来るに相違ない。

初五郎から掛けられた言葉は、己一人の胸に収めよう——そう決意して、おりんは帰途を急いだ。

第四話　幼馴染み

一

この四、五日、江戸は晴天が続いている。

六月一日の富士の山開きから既に半月が過ぎていたが、富士講の法被《はっぴ》を身に付け、杖《つえ》を手にした男たちの一団をよく見かけるようになったのは、ついこの前からのような気がする。

知らぬ間に梅雨は過ぎていたのかも知れない。

富士登山を目指す信心者には、恰好《かっこう》の陽気になったようだ。

　町に見廻りに出ていたおりんは、堀江《ほりえ》町《ちょう》入堀《いりぼり》の水が日本橋川に注ぎ込む思案橋《しあんばし》の袂《たもと》に立ち止まり、一息入れていた。

父の嘉平治《かへいじ》から十手を譲り受け、目明かしとして目配りをしなければならない受け持ちの区域も引き継いでいたが、見廻りをするのは、毎日というわけではなかった。

手札を授かっている北町奉行所の同心、磯部《いそべ》金三郎《きんざぶろう》から急ぎの御用を言いつかっていたり、継続している調べに取り掛かっていたりしていると、見廻りのために時は割《さ》けない。従って、突然、思い立って見廻ることの方が多い。

この日、おりんが見廻りに出たのは、四つ（十時頃《ごろ》）まであと四半刻《しはんとき》（約三十分）という時分だった。

堀留《ほりどめ》二丁目の『駕籠清《かごせい》』から、幼馴染《おさななじ》みのお紋《もん》の家が営む煙草屋《たばこや》のある瓢箪新道《ひょうたんじんみち》を過ぎて右へ曲がり、人形町通《にんぎょうちょうどおり》、芝居町と言われる葺屋町《ふきやちょう》、堺町《さかいちょう》をくねくねと歩き、銀座の手前の元大坂町《もとおおさかちょう》で、丁字路を右に折れた。

その道を進んで堀江町入堀に架かる思案橋に辿《たど》り着いたのである。

おりんが立っている近くを、白装束に菅笠《すげがさ》を被《かぶ》った五、六人ほどの老爺《ろうや》たちが末広《すえひろ》河岸《がし》の方へと渡って行った。

恐らく、橋から近い明星稲荷《みょうじょういなり》の境内にある小網富士《こあみふじ》に詣《もう》でた一団だろう。

江戸の諸方には多くの富士塚が築かれており、駿河国《するがのくに》の富士山へ行けない人は、富士塚を登ることで富士山頂の浅間神社《せんげんじんじゃ》に詣でたのと同じご利益に与《あずか》ろうとしていた。

思案橋を渡ったおりんは、富士講の一団が向かった末広河岸の方ではなく、堀江町入堀の西岸沿いに、北へと向かった。

その時、本石町《ほんごくちょう》の時の鐘が九つ（正午頃）を打ち始めた。

堀江町三丁目と二丁目の四つ辻《つじ》を突っ切ろうとした時、『厄災退散』や『疫病退治』を大声で唱えながら、伊勢町堀《いせちょうぼり》の方からやって来る男二人の姿が眼《め》に留まった。

御幣を束ねた竹を押し立てて、あたりを威嚇するようにのし歩く怪しげな装りの二人は、梵天《ぼんてん》と呼ばれる厄介者だった。

商家などの表で寄進や喜捨を呼び掛けるのだが、応じなければ、商いに障るような嫌がらせをして、遂《つい》には金品を脅し取るというような輩《やから》である。

おりんは、近づいて来る梵天二人に対し、道の真ん中に両足を踏ん張って待ち受ける。

二人の梵天が、おりんから三間（約五・四メートル）ばかり先で足を止めた。

「よく見りゃ娘っ子のようだが、なんか文句か」

髭面《ひげづら》の梵天が、歯の欠けた口を開けて薄笑いを浮かべた。

「町内のお人が困るようなことがあれば、搦《から》めとるのがお務めでね」

ゆったりとした物言いで返答したおりんは、さりげなく、懐に差した十手に手を掛けて見せた。

「そんなものが恐《こわ》くて、おれらの稼業が立つかよ」

坊主頭をした連れの梵天は、近づきながら凄《すご》むと、おりんの胸倉に手を伸ばした。

咄嗟《とっさ》に体を躱《かわ》したおりんは、振り上げた右の拳を坊主頭の梵天の腕に叩きつけた。

「ぐえっ！」

小さな呻き声を洩らした梵天は腕を抱えるようにしてその場にうずくまった。

「おりんさん、こいつら四、五日前も『常盤屋《ときわや》』さんの店先で暴れやがったんだ。ふん縛って牢《ろう》屋敷にでもぶち込んどくれっ」

近くの商家から顔を突き出したお店者《たなもの》から声が掛かると、足を止めた近隣の連中から、「おりんさん頼む」だの「おれらがついてるぜ」などと、面白がって囃《はや》す声が次々と飛び交った。

おりんがただの小娘ではないと気付いたのか、二人の梵天は、悔しげに顔を歪《ゆが》め、周りを睨《にら》みつけながら伊勢町堀の方へと大股《おおまた》で去って行った。

「なにかあったら、自身番に届けておくれよ」

成り行きを見ていた町の者たちに声を掛けると、おりんは、堀江町入堀の道へ戻って、堀留を目指す。

こういう些細《ささい》な出来事があるから、町の見廻りをないがしろには出来ないのだ。

堀江町入堀に架かる万橋《よろずばし》の袂を通りかかったおりんは、ふと、橋の真ん中に佇《たたず》んでいる藤笠《ふじがさ》の男に眼を遣《や》った。

顔形は笠に隠れて見えないが、着流しの裾《すそ》を端折《はしょ》って帯に差している立ち姿から、若い男と思われる。

この前の男だろうか——おりんは、胸の内で呟《つぶや》く。

堺町の通りを歩いていた三日前、すれ違った直後に、足を止めておりんの方を振り返った男も藤笠を被っていた。

だが、男が自分を見て止まったなどとは思いもよらず、その日、気にすることなく歩き去ったのだ。

橋に佇んでいる男は、特段、おりんの方を気にしている風には見えない。

用があれば、向こうから声を掛けてくるだろう——そう見当をつけて、歩を進めることにした。

橋の袂を過ぎても藤笠の男から声が掛かることはなかった。

堀留二丁目の角地に立つ『駕籠清』の暖簾《のれん》を潜《くぐ》ったおりんは、日の射《さ》し込まないひんやりとした帳場の土間に飛び込んだ。

「ただいま」

おりんが声を上げると、

「見廻りお疲れさん」

迎えてくれたのは、框《かまち》に腰を掛けて煙草を喫《の》んでいた、人足頭の寅午《とらうま》だった。

「腹が空《す》いてるなら、奥の縁側で、嘉平治さんと太郎兵衛《たろべえ》が素麺《そうめん》を啜《すす》ってるから、お相伴おしよ」

祖母のお粂《くめ》は、帳場格子に着いて算盤《そろばん》を弾《はじ》きながら声を掛けた。

太郎兵衛というのは、おりんの死んだ母親の弟である。

土間を上がり、囲炉裏端を通り過ぎたところで、居間の濡《ぬ》れ縁《えん》に胡坐《あぐら》をかいた嘉平治と太郎兵衛が、つけ汁に浸《つ》けた素麺を口に運んでいる姿が眼に入った。

「叔父さん、いらっしゃい」

居間に入ったおりんは、濡れ縁近くに膝《ひざ》を揃《そろ》えた。

「見廻りに行ってたって？」

「うん」

おりんは、太郎兵衛の問いかけに、気のない返事をした。

「食べるなら、箸《はし》と蕎麦猪口《そばちょこ》を持って来な」

嘉平治がそういうや否や、

「それはわたしがお持ちしましたよ」

居間に現れたお粂が座り込み、お盆に載せていた箸と蕎麦猪口を、おりんと自分の前に置いた。

「帳場はいいのかい」

「頭が煙草喫《の》んでるし、誰《だれ》か来ればここからでも分かるよ」

お粂は、太郎兵衛に返事をするが早いか、掬《すく》った素麺をつけ汁に浸ける。

「食わないのか」

嘉平治の投げかけに、軽く「うん」と声を出したおりんは、

「この前から、男に見られている気がするんだよ」

そう言葉を継ぐと、庭に向かって、ふうと息を吐いた。

「男っていうと」

嘉平治の声が心持ち鋭くなった。

先刻、万橋の袂に佇んでいた藤笠の男が、三日前、堺町ですれ違ったすぐ後、おりんを振り向いた男と同じ笠を被っていた気がするといい、

「男はこれという動きもせず、三日前もさっきも、ただ佇んでいるだけだったけどね」

そう締め括《くく》った。

「大方、嘉平治さんの後を継いで目明かしになったと知った悪党が、おりんに狙《ねら》いを定めたと思った方がいいね」

「おっ母《か》さん、おりんのやる気を削《そ》ぐようなことをいうもんじゃありませんよ」

太郎兵衛が窘《たしな》めると、

「やる気よりなにより、わが身のことが肝心だろう。これはもうね、即刻十手を返上して、『駕籠清』の跡取り娘として婿捜しをしろという神のご託宣《たくせん》にに相違ないよ」

一気に並べ立てたお粂は、音を立てて素麺を啜った。

「もしかして、おりんに岡惚《おかほ》れしている男ってこともあるね」

「あたしには心当たりはないよ」

おりんが太郎兵衛に向かって口を尖《とが》らせると、

「いや、お前が気付かないだけで、どこかに、思いを寄せる男がいないとも限らない。お前は自分をどう思ってるか知らないが、見た目が悪いわけじゃない。堀留小町とまでは言い難いが、見る人が見れば、勝気な顔つきがいいとか、髪型がいいとかいう男がいるのかも知れん」

「叔父さん、それはつまり、どういうことなのさ」

「人の好みは十人十色ということだよ」

太郎兵衛がそういうと、

「痘痕《あばた》も靨《えくぼ》ってことだよ」

「おっ義母《か》さんっ、おりんのどこが痘痕だっていうんですか！」

箸を置いた嘉平治が、眼を吊《つ》り上げてお粂に体を向けた。

「太郎兵衛、あんたが言い出したんだ。どういうことか、分かるように言っておやり」

「冗談じゃない。どうしておれが、おっ母さんの尻拭《しりぬぐ》いをしなきゃならないんですかね」

「分かったから、みんなやめてよ」

おりんの一声に、他の三人が畏《かしこ》まった。

「こんなあたしでも、惚れる男がいるかも知れないと、そういうことだね」

「いくらなんでも、それは謙遜《けんそん》が過ぎるよ、おりん。そんなお前だからこそ、いいという男がいるのだと、わたしはそう言っただけなんだよ」

お粂は俄《にわか》に目尻を下げ、媚《こ》びへつらうような物言いをした。

「それで、おめぇを見てたっていうその男の年恰好はどうなんだ」

気を取り直した嘉平治は、静かに口を開いた。

「顔立ちは分からないけど、三十そこそこか、もう少し年下かも知れない」

そう返答したものの、おりんに確信はない。

「義兄《にい》さんに心当たりはありませんか」

「道端の喧嘩《けんか》を止めたり、商家に強請《ゆすり》を掛けた者を追っ払ったりしたことは数限りなくあるが、若い連中から恨まれるような捕物をした覚えはねぇんだが」

そういうと、嘉平治は小首を傾《かし》げた。

「本人じゃなくとも、その若い者の縁者とか親分とかが嘉平治さんに捕えられたってこともあるじゃないか」

お条のいうことは尤《もっと》もなことだった。

これまでも、嘉平治に捕えられた博徒の子分だったという輩が、恨みを晴らしに襲ってきたことがあった。

「そんな嘉平治さんへの恨みが、よりによっておりんに向けられるとしたら、それはあんまりじゃないのかねぇ」

「お祖母《ばあ》ちゃん、勝手に決めつけないでおくれよっ」

おりんが鋭い声を発した。

おりんに目明かしから手を引かせたいお条は、敢《あ》えて嫌味なことを言い放つことがあるので、時々、きつく釘《くぎ》を刺しておかないと、家の中がぎすぎすしてしまう。

「おれが思うに、その藤笠の男は、おりんに思いを寄せてるこの辺りの商家の若旦那《わかだんな》じゃねぇのかなぁ」

「養子になってくれるような次男坊、三男坊ならいいのにねぇ」

お条は、太郎兵衛の推察に一縷《いちる》の望みを抱いたかのように、日の当たる庭に眼を向けた。

日が昇って一刻（約二時間）近くが経った日本橋川一帯は、昼のような熱気を孕《はら》んでいる。

八丁堀の同心、磯部金三郎の役宅に朝の挨拶《あいさつ》に赴いた帰り、おりんは、小網町三丁目を通り過ぎ、鎧《よろい》河岸へ向かっていた。

叔父の太郎兵衛が『駕籠清』に現れて、素麺を食べた日の翌々日である。

おりんは『駕籠清』から歩いて八丁堀《はっちょうぼり》の磯部家を行き来するのに、二通りの道筋を使っている。

伊勢町堀に架かる荒布橋《あらめばし》から江戸橋を渡り、楓川《もみじがわ》に架かる海賊橋《かいぞくばし》から南茅場町《みなみかやばちょう》へ至る道がひとつ。もうひとつは、日本橋川東岸、小網町をひたすら三丁目まで進んで崩《くずれ》橋《ばし》を渡り、北新堀町《きたしんぼりちょう》から湊橋《みなとばし》を通って霊岸島《れいがんじま》に着いたらすぐに西へ向かい、霊岸橋から南茅場町へと向かうのだ。

茅場町天神に近い亀島町《かめじまちょう》にある磯部家までは、どちらを通っても同じくらいの道のりなので、その日の気分次第で使う道を決めていた。

この日のおりんは、行きも帰りも霊岸島を通る道筋にしていた。

日本橋川の両岸は、お店の並ぶ日本橋と、諸国の産物の集積地である霊岸島を結んでおり、人や荷車の往来は一年を通じて激しい。

だが、日の出が早くなり、陽気が良くなってからというもの、早朝から水辺を散策する隠居や文人墨客の姿をよく見かけるようになった。

そんな光景を横目に、おりんは霊岸島へ向かい、さらに北新堀町から小網町三丁目へと歩き通した。

鎧河岸を歩いている途中、ふと、付けられているような気配を感じた。

だが、気付かないふりをして、歩調は変えず明星稲荷の境内に足を踏み入れると、小さな赤い鳥居の陰で懐の十手に手を掛けた。

すると、付けていたと思われる藤笠の男が、稲荷への入口で足を止めた。

「あたしに、なにか用かい」

おりんは、懐に手を差し入れたまま、鳥居の陰から身を晒《さら》す。

男は、目深に被った藤笠を片手で軽く持ち上げておりんのほうを向いたが、背中から射す日の光のせいで、顔は影になった。

「この前から、あたしを付けていただろう」

おりんが尖った声を投げつけると、

「おりんちゃんだろ」

藤笠の男から、親しみの籠《こも》った声が返って来た。

「え」

おりんは声にならない声を上げる。

すると、男は藤笠を取り、日に焼けて鼻筋の通った顔を晒して、小さく笑みを見せた。

「もしかして、参次《さんじ》さん――?」

「覚えていてくれたのかい」

その声におりんが頷くと、幾分強張《こわば》っていた参次の顔が、とたんに緩んだ。

二

明星稲荷の境内には小高い山が築かれている。

それが小網富士と呼ばれる富士塚で、富士信仰の老若男女が上り下りする姿は一年中見られる。

おりんと参次は、富士塚から少し離れたところにある稲荷の祠《ほこら》の階《きざはし》に腰を掛けていた。

藤笠を外した参次の顔は、世間に揉《も》まれたのか、逞《たくま》しくなったように見える。

参次の顔を最後に見たのは、十年も前のことである。

「芝居町で、おりんちゃんに似た娘とすれ違ってすぐ、足を止めたんだ」

さっき、稲荷の境内に入り込むとすぐ、参次はそう口を開いた。

「あたしの顔を覚えていたんだ」

「あぁ」

参次は頷《うなず》いて、

「芝居町では声を掛けそびれたので、別の日に、堀江町入堀近辺に足を延ばしたんだよ」

とも打ち明けた。

「そんなこととは思わないから、あたしもうちのみんなも、あれこれ気にしていたんだよ」

嘉平治に恨みを抱く者に狙われたという話題になったことは伏せ、おりんは笑み混じりで告白した。

杉森新道《すぎのもりじんみち》の裏店に住んでいた参次は、おりんの兄の長吉《ちょうきち》と同い年の幼馴染みだったが、十年前、両親や妹とともに忽然《こつぜん》と居なくなってしまい、それきり音信が途絶えていたのである。

「堀留に来たのは、何年ぶりさ」

「出て以来初めてだから、十年ぶりだよ」

そういうと、参次は稲荷の表に眼を遣り、

「町の様子にはたいして変わりはなさそうだが、おりんちゃんの家はどうなんだい」

「五年前、おっ母さんが死んだよ」

そう返事をしたおりんを見て、参次はただ、小さく頷き、

「長吉は」

と、続けた。

「兄さんは、参次さんが堀留からいなくなってすぐ、日本橋の薬種問屋に住込み奉公に出たのよ」

「やっぱりな。長吉は小さい時分から読み書きが好きだったから、駕籠屋の親父《おやじ》よりも商人向きだと思っていたんだよ」

参次は一人合点して、小さくうんうんと頷き、

「ということは、嘉平治おじさんが『駕籠清』と目明かしの二足の草鞋《わらじ》ってことか」

「ううん。お父《と》っつぁんは、目明かしをやめたよ」

そう返事をしたおりんを、参次は訝《いぶか》しそうに見た。

「二年半くらい前、お父っつぁんは何者かに足を刺されて、昔みたいに動き回るのが難儀になってしまったんだ。そんなこともあって、ひと月くらい前、あたしが後を継いで御用を務めることになったんだよ」

そう口にして、おりんは懐に差した十手の持ち手を見せた。

「さっき、ちらりと眼に留まったが、飾りじゃなかったんだな」

「お父っつぁんが、祖父《じい》ちゃんから授かった本物さ」

「しかし、おりんちゃんが堀留の親分とは、大した変わりようだ」

参次は、陽気な声を上げると、その場で伸びをした。

「そうそう。兄さんや参次さんとも遊び仲間だった市松《いちまつ》さんは、猪牙船《ちよきぶね》の船頭になって、鎧ノ渡やら船宿の仕事を請け負ってる」

「船頭たぁ、威勢が良くて、市松らしいや」

「そこの鎧ノ渡で待ってたら市松さんに会えるかもしれないし、なんだったら、日本橋に行って、長吉兄さんに会っておいでよ。きっと喜ぶよ」

「うん。だが、昔の知り合いに会うのは、またのことにするよ」

苦笑いを浮かべた参次の口調に、ほんの少し戸惑いのようなものが窺《うかが》えた。

「参次さん、今はどこに?」

「内藤新宿《ないとうしんじゆく》だよ」

「おじさんやおばさんたちは」

「うん」

低い声を出した参次は、

「堀留を出た後、二親と妹と四人で四谷《よつや》の鮫《さめ》ヶ橋谷町《はしたにまち》の長屋に住んだんだが、おれはすぐに、そこを飛び出してしまってね」

声を低めたまま話を続けた。

　飛び出して以来、十年近くも、親たちの元には寄り付かなかったと呟いて、参次は顔を伏せた。

「先月、久しぶりに鮫ヶ橋谷町の長屋に行ってみると、五年前、二親は首を括って死んだらしいや。妹のおなつは、親が死んだ後どこに行ったのかも分からなくなってて、詳しいことは聞けずじまいだよ」

　参次の声から、さっきまでの陽気な響きが消え失《う》せている。

「おじさんたちと離れて、十年近くも、どこにいたのよ」

「うん。あちこちにね。千住《せんじゅ》や品川、それに、しばらく江戸を離れたこともあったし」

「堀留には、何か用があったの」

　おりんの問いかけに、参次は返事を躊躇《ためら》っているような気配があった。

「ねね、これから家においでよ」

　おりんは、重い空気を振り払いでもするように明るく声を掛けると、

「お父っつぁんや、『駕籠清』の番頭をしているお祖母ちゃんも喜ぶと思うから」

　階から腰を上げた。

「いや、おりんちゃん、おれは昔からお粂婆《ばあ》ちゃんは恐《こ》ぇから、今すぐ会うのはよす

よ」

冗談めかして口にした参次だが、すぐに顔を引き締め、

「この前からこの辺りを歩いていたのは、もしかして、おなつが生まれ育った堀留に戻って、この界隈《かいわい》のどこかで働いているんじゃないかと思って、捜していたんだよ」

そう告白した参次は、細く長く息を吐いた。

「おなつの様子でも知れたら、その時はゆっくり『駕籠清』に顔を出すことにするよ」

参次の言い分を聞いたおりんは、大きく頷き返した。


「帰りが遅いから、道に迷ったのかと思ったよ」

『駕籠清』に戻ったとたん、帳場にいたお粂にからかわれたおりんは、八丁堀からの帰り、昔馴染みの参次と思いがけなく巡り合い、話し込んでしまったことを告げた。

「お前に、そんな幼馴染みがいたかねぇ」

「幼馴染みっていうなら、あたしよりも長吉兄ちゃんの方だよ」

おりんの声に、帳場の傍《そば》で帳面を見ていた嘉平治が顔を上げ、

「杉森新道の『弥次郎店《やじろうだな》』にいた、長吉とよく遊んでいた、あの参次か」

ふと遠くを見るような目つきをした嘉平治だったが、すぐに思い出した。

「そうそう。確か『弥次郎店』だった」

おりんは相槌《あいづち》を打つと、自分が付けられていると思っていた相手は、参次だったのだと打ち明け、

「十年前とは顔形は変わってたから、あたしかどうか、確かめようとしていたらしいね」

ふふふと、おかしそうに笑い声を上げた。

「楽しそうじゃないか」

「だって、命を狙われていたんじゃないって分かったから、ほっとしてるんだよ」

おりんは、からかうような物言いをした嘉平治に口を尖らせて見せた。

「たしか、飲んだくれの父親は屋根屋じゃなかったかね。うん。金助《きんすけ》って名だったよ。酒で何人もの親方から出入りを止《と》められたり、店賃を溜《た》めたりしてるって、参次のおっ母さんが泣いていたのを思い出した」

お粂のもの言いから、心証の良さは窺えず、十年前に堀留を出て行った後、参次一家に起きたことを、おりんは伏せることにした。

「長吉に知らせたら、会いたがるだろうな」

「参次さんの用事が済んだら、うちにも顔を出すって言ってたから、そのうち兄さんとも会えるんじゃないかな」

おりんがそう口にした時、金魚屋の売り声が表通りをのんびりと通り過ぎて行った。

夕日は西の空に沈んだものの、昼間の日射しに焼かれた空気は熟《う》んだように町にはびこっている。

『駕籠清』の庭は日陰になっているが、通りの熱気が流れ込む。

駕籠《か》舁きの仕事を終えた円蔵《えんぞう》、巳之吉《みのきち》、伊助《いすけ》、それに完太《かんた》は、褌《ふんどし》一つになって井戸の水を頭から掛けて汗を流していた。

朝方、参次と話をした日の夕刻である。

受け持ちの区域の自身番を回り終えて、今しがた帰って来たおりんは、駕籠舁き人足たちに混じって、濡らした手拭いで首や顔を拭《ふ》いている。

「みんなは、これで上がりなのかい」

おりんが声を掛けると、

「おれと完太はこれで上がりだ」

伊助の言葉に、完太が頷いた。

「おれと円蔵は、暗くなってから吉原《よしわら》行きだ」

濡れた手拭いを絞りながら巳之吉が声を上げた。

「あと一刻はあるし、腹ごしらえをしたら、帳場でひと眠りするつもりだよ」

円蔵はそういうと、丸太のような腕で持ち上げた桶《おけ》の水を、頭からかぶった。

「こんばんは」

遠慮がちな女の声がした。

「あれ、市松のおかみさん」

扉のない庭の木戸門に立った女房風の女を見て、伊助が呟いた。

「おりんさん、あたしは、里《さと》と申しますが」

女が口にした名に聞き覚えがあったおりんは、

「市松さんのおかみさんでしたね」

手拭いを井戸の縁に置いてお里に近づいた。

「実は、うちのが、おりんさんに話があるから、杉森稲荷にご足労願えないかと言ってまして」

「分かりました」

着物の襟を正したおりんは、

「これから行ってみます」

と、表の通りに出るとすぐ、左の方へ足を向けた。

「あたしもそこまで」

お里は、おりんに並ぶと軽く会釈をした。

ほんの少し進んだところで足を止めると、

「あたしはこれから、浜町堀《はまちょうぼり》の兄の所に行きますんで」

軽く頭を下げたお里は、下駄《げた》の音を立てて田所町《たどころちょう》の方へと向かった。

おりんは、杉森稲荷に通じる杉森新道へと入り込む。

船頭の市松がお里と所帯を持ったのは、去年の秋のことだった。

祝言の席に呼ばれた嘉平治から、女房になった女の名はお里だと聞いていた。市松とは古い付き合いである船頭の妹だということだった。

しかし、市松がどうして密《ひそ》かに呼び出したのか、まるで見当がつかない。

合点がいかないまま、おりんは夕焼けに染まった杉森稲荷の境内に足を踏み入れた。

「わざわざすまなかったな」

祠の近くの植え込みから姿を現した市松が、低い声を掛けた。

いつもの市松とは打って変わって、思いつめた顔付きである。

「話って」

おりんもつい、声を低めた。

「おりんちゃん、昔、この近くに住んでいた、おれや長吉の仲間だった、参次のことを覚えているかい」

市松の口から参次の名が出たことに一瞬戸惑ったおりんは、やっとのことで、

「うん。覚えてるけど」

そう答えた。

「その参次を、今日の昼間、両国《りょうごく》の広小路《ひろこうじ》で見かけたんだよ」

今日の昼間に見かけたのなら、おりんが明星稲荷で話をした後のことだと思われる。

しかし、見かけたことを口にしただけなのに、市松の顔付きも物言いも、妙に重いのはなぜだろう。

「米沢町《よねざわちょう》に行く用事があったから、薬研堀《やげんぼり》に猪牙船を舫《もや》ったあと、元柳《もとやなぎ》河岸の方から広小路に回り込んだ時だよ。酒で顔を赤くした田舎侍三人に絡まれてる若い娘がいたんだが、野次馬の人垣から飛び出した若い男が助けようとして、娘と侍たちの間に割り込んだんだ。おれも助けに入ろうとしたら、その男はいきなり侍たちに体当たりを食わせて、どっかへ駆け去ったんだ」

「その男は、娘さんを助けたことは助けたわけだね」

「そうなんだが、――男は、三人の体に次々にぶつかりながら、懐に素早く手を差し込んで、紙入れを掏《す》り取りやがったのよ」

「市松さん」

名を口にした後、「まさか」と口に出しかけて、おりんは、言葉を飲み込んだ。

「懐から紙入れを掏って逃げた男が、参次によく似てたんだよ」

「確かなの」

おりんの声は、掠《かす》れた。

「覚えてるあいつの顔は十年も前のことだから、確かだとは言えねぇが、似てたんだよ、面差しが。昔の参次の横顔とよっ」

市松は、最後の言葉を、まるで怒ったように吐き捨てると、

「それに、掏り取るその手際が、慣れた手つきだったんだ。あいつ、どうしちまったのかねぇ」

片手で首の後ろを叩《たた》くと、市松はため息をついて、項垂《うなだ》れた。

夏の夜は、日が暮れてからも町は明るい。

涼みに出掛ける人が多く、それを目当てに食べ物屋も居酒屋も店の明かりを灯《とも》すのだ。

煮売りや蕎麦屋、天ぷら屋の屋台も並んで、通りも賑《にぎ》わう。

団扇《うちわ》を手にしたおりんとお紋は、浜町堀に架かる汐見橋《しおみばし》を渡っている。

紺地に白抜きの喜熨斗《きのし》をあしらった浴衣姿のおりんは、花柄の浴衣のお紋と連れ立って、大川端に涼みに出掛けた帰りである。

杉森稲荷で市松と会った後、『駕籠清』に戻ったおりんが夕餉《ゆうげ》を摂《と》っている時に現

れたお紋から、

「どこか、涼みにいこうよ」

と、誘われた。

「大川端の川風なんかいいじゃないか。両国の川端に行けば、弥五平《やごへい》が四文屋の屋台を出してるかもしれないしさぁ」

一緒に夕餉を摂っていたお粂の勧めもあって、おりんはお紋の誘いに乗ったのだ。

だが、行先を両国にしたのは、お粂に勧められたからではない。

おりんの耳には、両国で参次を見かけたという市松の言葉が残っていた。

広小路の混雑を避けたおりんとお紋は、薬研堀から大川端を川下に向けて歩き、武家屋敷を通り抜けて浜町堀へと戻って来たところである。

汐見橋から西へ三町（約三百二十七メートル）ほど歩いて瓢簞新道に至り、お紋の家が営む煙草屋『薩摩屋《さつまや》』の前に着いた。

店はとっくに大戸を下ろしている。

「それじゃ、おりんちゃん」

軽く手を振ったお紋は、『薩摩屋』の横手の小路に入り、奥へと向かった。

お紋の白い浴衣が板塀の中に消えるのを確かめると、おりんは踵《きびす》を返して堀留二丁目へと足を向けた。

瓢箪新道の突き当たりを左に折れた時、眼の前に人影が立った。

おりんが咄嗟に体を翻すと、

「驚かせてすまねぇ。さっき、大丸新道《だいまるしんみち》で見かけたもんだから、付けたんだよ」

表通りの常夜灯の明かりを受けて浮かび上がった参次の顔には、小さな笑みがあった。

「まだ、こっちにいたのかい」

言葉に窮したおりんは、掠れた声を発してしまった。

「いや、長吉が奉公してるっていう薬種問屋は、日本橋のなんというお店か、聞き忘れていたもんでね」

参次は、笑みを湛《たた》えたままそう答えたが、真偽のほどは分からない。

「数寄屋町《すきやちょう》の『宝珠堂《ほうじゅどう》』だよ」

「数寄屋町か」

小さな声で繰り返すと、参次は一人合点して、頷いた。

「それを聞けて、助かったよ」

左手を軽く上げた参次が、踵を返そうとした時、

「参次さん、朝方、小網町で話をした後、両国に行きましたか」

静かな声で問いかけると、参次は背を向けたまま足を止めた。

「参次さん、ごめん」

いうが早いか、参次の袖《そで》を捲《まく》り上げると、左腕に巻いてあった包帯を引き剥《は》がした。

「おりんちゃん、お前」

左腕を右手で押さえた参次が、夜叉《やしゃ》のような面持ちでおりんを見据えた。

「今日、明星稲荷で会った時から、腕に巻かれたこの布切れは気になっていたんだよ。そしたら、夕刻、市松さんに呼び出されて、侍の懐から紙入れを掏り取った男を両国で見たって話を聞かされてしまってね」

おりんの声には咎《とが》め立てするような響きはなく、むしろ、言い訳がましい物言いになってしまった。

「市松に見られていたのか」

そう呟くと、参次は、右手で隠していた左腕から手を離した。

左腕の関節の下には、幅三分（約九ミリ）の入墨が二本あり、そのほかに、一筋の同じ幅の入墨も眼に入った。

「十五で四谷の親元を飛び出した後、いろいろあって、何人もの子分を束ねる掏りのお頭に拾われたんだよ」

参次は、抑揚のない声で話し始めた。

掏りを生業《なりわい》にして三年が経《た》った十八の時、参次は初めて役人に捕まったという。

そこで敲《たた》きの刑を受けて、二本の墨を入れられた。

「そこでじっとしていればよかったが、我慢がならず、人出の多い寺や神社で懐を狙ってしまった。四年前、湯島天神《ゆしまてんじん》で目明かしに捕まって、増入墨を一筋入れられて、とうとう、江戸十里（約四十キロメートル）四方の追放となったんだ」

参次が口にした十里四方追放とは、江戸城を中心にして、半径五里以内に入ってはならないという追放刑である。

その時参次は、思い切って多摩川《たまがわ》を越え、川崎大師《かわさきだいし》近くで日々を凌《しの》いだという。

四年が経った今年の春、ほとぼりが冷めたのを見越して内藤新宿に居ついたのだと打ち明けた。

「どうして今日、両国で掏りを働いてしまったんだよぉ。もし捕まってたら、今度は増入墨じゃすまないんだよっ。掏りだって三度重ねれば、死罪になるんだよっ！」

声は抑えたものの、おりんは激しい怒りを込めて、参次にぶつけた。

「侍に腹が立ってもいたんだが、掏りの習い性とでもいうのかねぇ。つい手が出てしまったんだよ」

「参次さん」

おりんの声は、くぐもった。

「死罪だということは、知ってるさ。おりんちゃんに捕まって死罪になるのは構やしねぇがもう少し待ってもらいてぇ。なにも見逃してくれとは言わねぇよ。おなつの居所を知りたいんだよ」

参次は、妹の名を口にした。

おりんよりも四つ五つ年上だったせいか、おなつと一緒に遊んだ記憶はない。

むしろ、参次の家によく顔を出していた長吉の方が、おなつとは親しかったような気がする。

「朝方は黙っていたが、鮫ヶ橋谷町の長屋にいたおなつは、親父の借金のかたに取られてどこかに連れて行かれたらしいんだが、その行方を知りたいし、その後、親父とお袋が首を括って死んだわけも知りたいんだ。それさえ突き止めたら、お縄になるよ」

そう訴える参次の顔付きは真剣そのものだった。

だが、無宿者の参次では、妹の行方を調べる手立てはないに等しかった。

「だから、目明かしのおりんちゃんの力を借りるしかないんだよ。おれに、手を貸してもらえねぇかねぇ」

参次の悲痛な声が胸に沁みて、

「考えさせておくれ」

迷った挙句、そんな言葉しか出なかった。

「けど、いつまでもは待てないんだ。二日後の朝の五つ（八時頃）。小網富士で待ってる」

参次の言葉に、おりんは黙って頷き、堀江町入堀の方へと歩を進めた。

「もし、小網富士に来なくても、おれは恨まねぇよ」

おりんの背で、囁くような参次の声がした。

三

町奉行所の与力や同心の組屋敷がある一帯は、俗に八丁堀と呼ばれている。

南北の奉行所の与力五十人、同心二百四十人前後に上るのだが、町家もあって、医師や学者、絵師や検校《けんぎょう》などの住居も点在していた。

日本橋川を横切る鎧ノ渡は、日本橋小網町の鎧河岸と、八丁堀の茅場河岸を船で結んでいる。

おりんが船着き場に来た時は、渡し船は出たばかりで、日本橋川の中ほどを、鎧河岸に舳先《へさき》を向けていた。

次の船を待つことにして、おりんは石段に腰を掛けた。

手札を授かっている同心の磯部金三郎邸に、朝の挨拶に訪れた帰りである。

夕涼みに行った帰り、参次から力を借りたいと頼まれた夜から、二日が経っていた。

その返事をするのが、四半刻後に迫っている。

どうしたものかと決めかねていた昨日、

「浮かねぇ顔をしているが、なにごとだ」

嘉平治から不審を向けられた。

考え込んでいたおりんを見た『駕籠清』の人足たちは、惚れた男が出来たに違いないなどと騒ぎたてた。

このままでは周りから不審の眼を向けられると思い、さっき、磯部家を後にしたおりんは、その足を、北島町《きたじまちょう》の仙場《せんば》家に向けたのである。

仙場家の門前を掃いていた下男に名乗り、辰之助《たつのすけ》への取次ぎを頼むとすんなりと応じてくれた。

「お頼みしたいことがあり、お訪ねしました」

おりんは、ほどなく現れた辰之助に深々と頭を下げた。

そして、

「この一日二日、わたしが動き回ることに関して、磯部様や父の嘉平治から尋ねられたら、内密の人捜しを頼んだと、口裏を合わせていただきたいのでございます」

そう申し出た。

いつも上からものをいう辰之助に頭を下げるのは癪《しゃく》ではあったが、密かに動き回るわけにはいかなかった。もし、辰之助に事情を聞かれたり、断られたりすれば、参次の力になるつもりはなかった。

「事情は分からんが、まぁいいだろう。これは貸しとして、いつか返してもらうかもしれんがね」

なんの愛想もない物言いではあったが、辰之助の了承は得られたのである。

鎌倉《かまくら》河岸は、江戸城の内堀が竜閑川《りゅうかんがわ》と分岐する辺りから、神田橋御門《かんだばしごもん》までの一帯である。

城の内堀近くにありながら、三河町《みかわちょう》や皆川町《みながわちょう》などには商家も職人の家も多く、活気のある界隈だった。

おりんは、鎌倉町の酒屋『豊島屋』の店先が見える、竜閑橋の北の袂に佇んでいた。着ている浴衣は、白地に紺色の波模様である。裾を端折って帯に差し込んでおり、薄水色の細身の股引《ももひき》を穿《は》いた足には雪駄《せった》を引っかけていた。

八丁堀の茅場河岸から鎧ノ渡で鎧河岸に渡ったおりんは、五つの鐘が打ち終わる前に、小網富士の前に立った。

そして、富士塚の陰から姿を現した参次に、おなつ捜しを手伝うと伝えたのである。

その後、一旦《いったん》『駕籠清』に戻って朝餉を摂り、仙場辰之助に指示された内密の人捜しをするということを嘉平治とお粂に告げて、参次と落ち合う場所に向かった。

「五つ半（九時頃）に竜閑橋で」

指示をした参次とは、小網富士で分かれたのである。

朝の鎌倉河岸や竜閑橋界隈は、人や荷車、川船の行き交いなどで活気があった。

竜閑川は、東へ進めば神田堀と名を変え、日本橋橋本町《はしもとちょう》の手前で南に向かうと、浜町堀となり、ついには大川へと通じる重要な水路と言えた。

「待ったかい」

おりんの近くで、聞き覚えのある声がした。

背後に、着流しの裾を帯に差し込んだ参次が立っており、被った藤笠を軽く上げて顔を見せた。

「一日で片付くかどうか分からないが、いいのかい」

「ああ。お役人の指図で動くと言ってあるから」

そう答えると、おりんは小さく頷いた。

「まずは、鮫ヶ橋谷町に行ってみる」

参次は、四谷の地名を口にした。

堀留から姿を消した参次と二親、妹のおなつが移り住んだのが、鮫ヶ橋谷町の長屋ということだから、その後の足取りを辿るには住んでいたところを訪ねるしか手はなさそうである。

「いくぜ」

低く声にすると、参次が先に立ち、すぐ後ろにおりんが続いた。

鎌倉河岸を後にしたおりんと参次は、内堀に沿って西方に向かい、九段坂《くだんざか》を上って田安《たやす》御門前に至った。そこで右へ曲がり、飯田町《いいだまち》の武家地を通り抜けて牛込《うしごめ》御門から、外堀沿いの通りに出た。

おりんは初めて通る道だったが、参次は迷うことなく歩む。

江戸の道の隅々にまで明るいのは、掏りという稼業に身を置いていたからに違いない。

市《いち》ヶ谷《や》御門を通り過ぎ、やがて四谷御門前に着いた。

「この先だよ」

そう言って歩き出した参次は、御門前を通り過ぎて、一町（約百九メートル）ほど先の寺の角を右に曲がる。

その道を二町ほど進むと、小道を左に曲がった。そこには、倒れれば坂の下まで転

げ落ちてしまいそうな急坂があったが、それを一気に下り、さらに幾つかの寺々の角を二度曲がったところで参次が足を止め、

「これが、四ッ谷大道から鮫ヶ橋の方に通じてる観音坂《かんのんざか》だよ」

坂の上方を指した人差し指を、坂下の方へ動かした。

「この向こうが、一家四人で移り住んだ鮫ヶ橋谷町だ」

参次は、立っているところから、坂道を挟んだ向かい側の家々を顎《あご》で指し示した。

この一帯は、鮫ヶ橋谷町と呼ばれているように、谷底近くにあった。

昼近い刻限だというのに、谷底に日は射さず薄暗い。

大雨が降れば、恐らく川のような水が流れ落ちるに違いない。

どこの自身番で聞いたか忘れたが、鮫ヶ橋の一帯には、多くの夜鷹《よたか》が住み着いているということを耳にしたことがある。

「おりんちゃん、十年前におれたちが移り住んだ長屋の大家を訪ねて、おれが出て行った後の親父やおなつの様子を聞いて来てもらいてぇ」

参次は、静かに口を開いた。

自分が訪ねて行けば、いつ何時、腕に墨の入った身の上だと知れて、厄介なことになるのではと心配していた。

それを避けるために、参次がおりんの力を当てにしたのだということが、今になっ

て腑《ふ》に落ちた。

「あたしが行って来るよ」

おりんはそういうと、小さく頷いた。

参次は、かつて住んでいた長屋の場所を教えると、

「そこの境内で待ってる」

近くの寺の山門を指差した。

観音坂を一町足らず下った先の丁字路で、おりんは右へ曲がった。

参次に聞いた通り、寺の塀と接したところで町家は途切れ、今にも倒れそうに立っている長屋の木戸があった。

恐らく、参次一家が移り住んでいた『千日店《せんにちだな》』だろう。

木戸を潜ったおりんは、どぶ板の路地の脇《わき》に立つ、一棟の六軒長屋に近づく。

「ごめんなさい」

井戸から一番近い家の戸口に立って、おりんは声を掛けた。

以前と同じなら、井戸に一番近いところに大家が住んでいる——先刻、参次から聞いていた家だった。

紙が継ぎ接《は》ぎに貼《は》られた腰高障子がいきなり開いて、残り少ない髪の毛で無理やり髷《まげ》を結った丸顔の老爺が土間に立ち、眼をしばたたかせた。

「あたしは、堀留でお上の御用を務めます、りんという者でございます」

丁寧な物言いをしたおりんは、懐に差していた十手を半分ほど引き抜いて、相手に見せた。

先日、遠縁を訪ねて上総国《かずさのくに》から来たという老爺が、途方に暮れているのに遭遇したのだと話を切り出した。

話を聞くと、訪ねた先の一家は、十年前、どこかに去ったきり行方が分からないのだと気落ちしていた。

その時おりんは、行方が分かったら知らせると口にして、老爺を上総に帰したのだと説き明かした。

その後の調べで、堀留に住んでいた屋根屋の金助さん一家は鮫ヶ橋谷町の『千日店』に移り住んだと分かったので、こうして訪ねて来たのだと作り話を述べて、おりんは腰を折った。

「ま、中にお入りなさい」

六十に手の届きそうな老爺は、土間を上がり、腰掛けるように框を指した。

「では、遠慮なく」

土間に足を踏み入れたおりんが框に掛けると、

「わたしは、十二、三年大家を務めております、段七《だんしち》といいますが、いまお尋ねの金助一家のことは、よく覚えておりますよ」

背中の丸くなった段七は、膝に置いた両手をこすり合わせながら、うんうんと小さく頷いた。

「金助夫婦には、おなつちゃんという娘と、十四、五になる気の強い倅《せがれ》がいましたが、ここに移り住んで三月としないうちに、倅の方はいなくなりました」

倅の参次がどうして『千日店』を飛び出して行ったか、大家の段七はよく知らないという。

だが、仕事に精を出さない父親の金助と、母親や妹の暮らしの足しにとコソ泥のようなことをしていた倅の間では、度々、激しい喧嘩があったことは気付いていた。

参次が飛び出してからも、金助の酒浸りが祟《たた》り、屋根屋の仕事は覚束《おぼつか》なくなった。

月に二度や三度の仕事をしても、実入りはすぐに酒に変わった。

女房は稼ぐために一日中外歩きをし、娘のおなつは、細い体に天秤棒《てんびんぼう》を担ぎ、炭売りや油売りをしていた。

「なのに、金助は鬼だよ。女房や娘の稼ぎを当てにして、仕事をおろそかにするわ、博奕《ばくち》にまで手を出すわでね。それが運の尽きだった。賭場に五、六両（約五、六十万円）の借金をして、取り立てに追われる始末だよ」

そこまで話した段七は、大きく息を吐くと、

「五年前でしたよ」

　と、嘆かわしげにぽつりと洩《も》らした。

「女房のおたねさんが、わたしに泣きながら打ち明けたんだがね。昨日、おなつが男の人を連れて来て、この人について行かなきゃならないと口にしたというんですよ。連れてきた男は、四谷あたりを根城にしている女衒《ぜげん》で、わたしはこの人に頼んで身を売ることにして、七両全額をおたねさんに手渡したっていうじゃありませんか。これでお父っつぁんの借金を返して、のんびり暮らしておくれって言うと、女衒に連れられて行く先も言わずに長屋を出て行ったそうだよ。おなつにすまない、おなつが可哀《かわい》相《そう》だって、おたねさんは私の前で泣き通していたんだが、それからひと月もしないうちに、金助さんと二人して、観音坂の浄明寺《じようみようじ》の楠《くすのき》で首を括ってしまった。なにも言わずに死んだが、わたしが思うに、娘から身を売ると言い出されてしまって、親としては、苦しんだ末のことだろうよ」

　そこまで話して、段七は小さく息を洩らした。

「おなつさんの行先は、住人のどなたも耳になすっちゃいませんか」

「その時分の住人は、もうすっかりいなくなっておりますからね。しかし、土地の目明かしなら、このあたりの女衒には詳しいと思いますよ」

　そう口にした段七から、土地の目明かしの住まいと名を聞くと、

「いろいろとありがとう存じました」

框から腰を上げた。

いくら谷底のような土地柄とはいえ、真上に昇った日の光は鮫ヶ橋谷町に降り注いでいた。

『千日店』を後にしたおりんは、大家の段七から聞いたことを、寺の境内で待っていた参次に伝えた。すると、

「すまないが、土地の目明かしに会って、女衒の居所を聞き出してもらいてぇんだが」

頭を下げられた。

おりんに否やはなかった。乗りかかった船から、後に引くわけにはいくまい。

藤笠をつけた参次に続いて山門を出たおりんが観音坂に立つと、寺の敷地から張り出した楠の枝が揺れて、二人の足元で木洩れ日が煌《きら》めいた。

楠を振り向いて、背負っていた菅笠を被ろうとしたおりんの手が、ふと止まった。

山門の門柱に掛けられた木の板に、山号とともに『浄明寺』の文字が見えた。

参次の二親が首を括ったという寺の名を、段七は『じょうみょうじ』と口にしていた。

「どうしたんだい」

「ううん」

おりんは、呼びかけた参次には何も言わず、観音坂を上り始める。

いつか折があれば、その時、二親が死んだ寺の名を教えればいいのだ――自分にそう言い聞かせて、四ツ谷大道を目指した。


土地の目明かし、吉松《よしまつ》の住まいが四ッ谷伝馬町《てんまちょう》だということは、『千日店』の大家、段七から聞いていた。

四ッ谷伝馬町は四谷御門から西へ延びる四ッ谷大道の南側にある。

四ッ谷大道は、四谷大木戸を過ぎると甲州街道《こうしゅうかいどう》となり、内藤新宿を通って甲州にまで通じる大街道である。

おりんと参次は、四ッ谷大道に面した蕎麦屋に飛び込んで昼餉を摂った。

素早く蕎麦を腹に収めたおりんは、参次を残して店を出た。

目明かしの吉松の住まいは、馬や荷車を手配する問屋場《といやば》の近くにあった。

「ごめんなさい」

おりんは、目明かしの傍ら、飴《あめ》を売っているという小店に足を踏み入れた。

畳一畳ほどの土間の先は、三畳ほどの板張りとなっており、土間の框近くには、飴玉が入っていると思われる木箱が五つ並べられている。

板張りの奥から、浴衣の前を合わせながら、四十前後の眉《まゆ》の濃い男が現れて、

「飴玉かい」

板張りに立った。

おりんは懐の十手を見せると、堀留の目明かしだと名乗り、『千日店』の大家を訪ねた末に、吉松に会いに来た経緯を大まかに伝えた。

「あぁ。首を括った屋根屋の夫婦者のことは、よく覚えているよ」

板張りで胡坐をかいた吉松は、濃い眉の下の金壺眼《かなつぼまなこ》を天井に向け、

「娘のおなつさんを世話したのは、四ッ谷塩町《しおちょう》の茂平次《もへいじ》っていう山女衒だったよ。あれだ、どこか決まった岡場所とか、決まった女郎屋に雇われてる野郎じゃなく、てめぇが見つけた女を、その都度、あちこちに世話する手合いさ」

そういうと、木箱の蓋《ふた》を取って、

「飴でも舐めなよ」

吉松が白い飴玉を勧めてくれた。

「それじゃ、遠慮なく」

おりんは飴玉をひとつ摘《つ》まんで、口に放《ほう》り込んだ。

「おう。おれは、妙に遠慮する奴《やつ》は好かねぇのよ」

吉松は、にこりと笑って木箱に蓋をした。

「その茂平次さんは、今も塩町に住んでいるんでしょうか」

「いや。死んだ。二、三年前だったか、千日谷《せんにちだに》の藪《やぶ》の中で、刺し殺されてるのが見つかってね」

そういうと、毛深い脛《すね》をつるりと撫《な》でた。

「おなつさんが、どこに連れて行かれたのか知りたかったんですが、吉松親分さんはご存じじゃないでしょうね」

「板橋《いたばし》だよ」

吉松の口からすんなりと行先が飛び出した。

「いやぁ、世間の裏もよく知っていた茂平次が、おなつって娘を褒めていたんだよ。親のために身を売ったこともだが、板橋に行く道中でも、旅をしている爺《じい》さんや婆さんに、足が痛まないかなんて声を掛けるのを眼にして、気立てがいいって感心していたくらいだ。だからね、茂平次は、気に入ったおなつを、板橋じゃ評判のいい楼主の営む『山路楼《やまじろう》』に連れて行ったと、そのあと顔を合わせた時、話してくれたよ」

当時のことを思い出しでもしたのか、吉松の声には哀感があった。

「そのあとのことは、その『山路楼』に行って聞くしかないんでしょうね」

「そうだが、あれからもう五年だ。長く続けられる商売じゃねぇし、元気でいるかどうか、だな」

吉松は言葉を濁したが、なにを言わんとしていたかは察せられた。

岡場所の女や宿場女郎の多くが、劣悪な中で働かされているということは、おりんも見聞きしたことがある。

そんなところでなんの障害もなく、病にも罹《かか》らず生き延びることは並大抵ではないと、吉松は言おうとしたに違いなかった。

四

まだ伸びきらない稲が並んだ田圃《たんぼ》の水面で、少し西に傾いた日の光が輝いている。

田圃や畑地の広がる巣鴨村《すがもむら》の農道を、おりんと参次が中山道《なかせんどう》を目指していた。

四谷を後にした二人は、音羽《おとわ》から小石川村《こいしかわむら》を経たあと、巣鴨の庚申塚《こうしんづか》へと足を運んでいる。

おりんが、目明かしの吉松から聞いた一切を参次に伝えた後、二人のやり取りは途切れていた。

参次の胸は、五年前、板橋の女郎屋に売られたおなつのその後のことで占められていて、口を開く余裕などないのだろう。

畑地の道が、突然、大きな街道と交わった。

「中山道だ」

参次が、久しぶりに口を開いた。

信州《しんしゅう》へも通じる中山道は、人の往来も多く、荷を積んだ牛馬や荷車が行き交っている。

「歩き詰めで疲れさせてしまったが、ここまで来れば、板橋はすぐだ」

参次はそういうと、おりんを街道脇の茶店へと誘った。

おりんは促されるまま、参次と並んで縁台に腰掛けた。

四隅に立てた柱の上に日除《ひよ》けの葭簀《よしず》を乗せた掘立小屋だが、歩き続けて火照《ほて》った顔に日陰はありがたい。

「おりんちゃん、なにか飲むかい。それとも、西瓜《すいか》もあるが」

参次は、店先の木桶に並べられている切られた西瓜を指差す。

「あたしは、団子と茶を」

「頼んで来る」

腰を上げた参次は、店の小女《こおんな》に一言二言話しかけたあと、小屋の裏手へと消えた。

おりんが菅笠を取ってほどなくすると、小女が、二人分の茶と団子を一皿置いて奥へ去った。

「おりんちゃん、手」

裏手から戻って来た参次に言われて手を出すと、冷たく濡れた手拭いが掌《てのひら》に載せられた。

「汗拭きだよ」

「ありがとう」

おりんは、並んで掛けた参次に礼を述べると、手拭いで顔の汗を拭い、首筋に押し当てた。

「気持ちいい」

おりんは思わず声に出してしまった。

「そりゃよかった」

参次は笑みを浮かべると、藤笠をかぶったまま、湯呑《ゆのみ》を口に運んだ。

入れ墨者だと知った時から、心のどこかで身構えていたおりんのこだわりが、濡らしてくれた手拭いと笑みのせいで、解けていったような気がした。

「いただきます」

おりんは、団子の串《くし》を手にして頬張《ほおば》る。

口の中に甘みが広がった。

板橋宿は、中山道の両側に連なる宿場だった。

巣鴨の方から進むと、平尾《ひらお》宿、仲《なか》宿と続き、石神井川《しやくじいがわ》に架かる板橋の先が上宿《かみ》と呼ばれ、三宿を総称して、板橋宿と言われているようだ。

中山道を仲宿へと進んだおりんと参次は、土地の者から聞いた『山路楼』へと向かっている。

石神井川に架かる板橋まで、あと一町という辺りに、中山道から氷川社《ひかわしや》へと入り込む小道があると、通りすがりの土地の男は言っていた。

聞いた通り、『山路楼』はその小道を入って三軒目にあった。

氷川社で待つという参次を見送ったおりんは、『山路楼』の入口に立った。

八つ半（三時頃）を過ぎた頃おいの妓楼《ぎろう》の表は静まりかえり、年のいった下男が箒《ほうき》で道を掃き、年端のいかない下女が玄関の柱を拭いていた。

「こちらの楼主に取次ぎをお頼みします」

おりんは目明かしであることを告げ、五年前、四谷の女衒、茂平次に連れて来られたおなつのことを聞きたくて訪ねて来たとも打ち明けた。

「こちらへ」

入口の脇で待っていたおりんは六十に手の届きそうな老女に声を掛けられ、建物の横手へと案内された。

『山路楼』の掛け行灯《あんどん》のある塀の潜り戸から中に入ると、小さな土間の出入り口から廊下に上がり、坪庭に面した小部屋に通された。

老女が去ってすぐ、

「主《あるじ》の伴造《はんぞう》と申します」

年の頃は五十代半ばと見える半白髪の楼主が、おりんに向かって丁寧に頭を下げた。

「御用の趣は、あらかた承知しておりますが、今になってどうしておなつの行方などと」

伴造の問いかけには、特段不審を抱いているような響きはなかった。

「堀留でおなつさんと幼馴染みだったという女の人が、あたしの父に会いに来まして、会いたいから行方を知りたいと訴えたものですから」

そう口にするとすぐ、

「十年以上も前に堀留を離れていたその女の人は、つい最近まで目明かしを務めていたあたしの父親に聞けば、おなつさん一家の行先が知れると思ったようです」

だが、おなつ一家は十年前、誰にも行先を知らせずに堀留を出ていたので、捜すのに手間取ったと、事情を打ち明けた。

やっとのことで四谷の鮫ヶ橋谷町に居たことも分かり、おなつは、親の借金を返すために身を売ったことまで分かったのだと口にすると、得心したのか、伴造は大きく頷いた。

「えぇえぇ。親の借金のことは、わたしも、おなつから聞いて知っていましたよ。そういう、感心な子でしたから、客には気に入られ、うちの奉公人たちにも好かれました。ですからね、たった二年で借金を返してしまったんですよ」

　伴造は、まるで我がことのように相好を崩した。

「そうしたら、おなつは、平尾宿から川越《かわごえ》街道へほんの少し入ったところにある茶店で働き始めましたよ。それから一年ほどが経った二年前、滝野川村《たきのがわむら》の百姓の嫁に収まりました」

　ところが、三月前、野良仕事から帰る途中のおなつの亭主が、荷を積んで走って来た車屋の大八車にぶつけられて大けがを負い、畑仕事が出来なくなってしまったと話して、伴造は顔を曇らせた。

　亭主の二親と畑仕事に勤《いそ》しんだものの、車屋からは見舞い金は出ず、おなつは野良仕事の傍ら、以前働いていた川越街道の、老夫婦の茶店に働きに出ているという。

「それにしても、詫《わ》びひとつないというのは、とんでもない車屋じゃありませんか」

「そうなんですがね。土地の博徒が、表向きを繕うためにやってる、荷を請け負う車屋でして、前々から悪い評判ばかりなんですよ。牛や馬に車を曳《ひ》かせれば、飼葉代が高くつくというので、性質《たち》の悪い連中に大八車を曳かせてるような車屋ですから、人の道をわきまえちゃいないんですよ」

そういうと、伴造はため息を洩らした。

「それじゃ、その茶店に行けば、おなつさんに会うことは出来るんですね」

「休んでさえいなければ、日暮れまでは茶店にいると思います」

伴造の返事を聞いて腰を浮かしかけたおりんは、

「あたしがここに来たということは、おなつさんには黙っていていただきたいのですが」

そう口にして頭を下げると、伴造は心得たというように、頷いてくれた。


おりんと参次は、『山路楼』の表を通り過ぎ、中山道に出ると右へと足を向けた。

仲宿から平尾宿へ引き返し、茶店のある川越街道へと行くつもりである。

おりんが『山路楼』の主から聞いた話は、氷川社を後にするとすぐ、歩きながら参次に伝えた。

おなつが百姓の女房になったということを参次は大層喜んだが、その亭主が遭った災難には、眉を曇らせた。

仲宿の中ほどまで歩を進めた時、行く手から、荒々しい男たちの声が飛び交っているのが聞こえてきた。

道端に停《と》めた大八車から下ろした積み荷を、道端に乱暴に積み上げる人足もいれば、店の中から運び出した荷を、別の大八車に放り投げる人足もいる。

人足たちが荷を入れたり運び出したりしている商家の戸口には、『不知火屋《しらぬいや》』と記された掛け看板があった。

「参次さん、おなつさんの亭主に大怪我《おおけが》をさせた車屋は、この『不知火屋』だよ」

おりんは、『山路楼』の伴造から聞いていた名を参次に告げた。

『不知火屋』は、仲宿の乗蓮寺《じようれんじ》門前にあるということだったから、間違いない。

ふと足を止めた参次が、道の反対側にある車屋に険しい眼を向けた。

ぞんざいな荷捌《にさば》きをしている褌姿の人足たちは、若い女が通り掛れば卑猥《ひわい》な言葉を投げかけて笑い、顔をしかめる男がいれば声を荒らげて睨みつける。

「先を急ごう」

低い声でいうと、参次は平尾宿の方へと歩み出した。

刻限は七つ（四時頃）を過ぎた頃おいだろうが、日が沈むまで、まだかなりの間がある。

行く手の左手の広大な敷地の樹木の中に、幾つもの大屋根が見え隠れしている。

来るときには見落とした、加賀前田《かがまえだ》家の下屋敷だった。

「前田様のお屋敷前の、東光寺《とうこうじ》門前から西へ分かれる道が川越街道ですよ」

『山路楼』の伴造から聞いていた通り、おりんは参次の先に立って右に曲がり、川越街道へと歩を進めた。

宿の家並が切れた先は、ぽつりぽつりと百姓家の点在する畑地が広がっている。

中山道から二町足らず、街道からほんの少し奥まったところに、藁葺《わらぶ》きの茶店があった。

街道と茶店の間には畳半畳ほどの縁台が三つ、無造作に置いてあり、旅人や裸同然の男たちが一息入れている。

街道に辻駕籠や荷車が置いてあるところを見ると、裸同然の男どもは、宿場の駕籠舁きや車曳きたちだろう。

おりんと参次が空いていた縁台に腰掛けると、

「婆ちゃん、お客だよぉ」

首から手拭いを垂らした顎髭の人足が、店の奥に声を投げかけた。

「はいよぉ」

店の中からお盆を手に出て来た老婆が、おりんと参次の傍に立った。

「おいでなさい」

「茶を二つもらいます」

参次が注文すると、

「おなつちゃん、お茶ふたぁつ」

老婆は奥に向かって声を張り上げると、縁台に置きっぱなしになっていた湯呑や団子の皿をお盆に片付け始めた。

「おなつちゃんていうと」

おりんが呟くと、藤笠を付けたままの参次は少し顔を伏せた。

店の中から、二十を二つ三つ出た年頃の女が、湯呑を載せたお盆を手にして現れた。

野良仕事をしているせいで日に焼けているが、おなつと思《おぼ》しき女の眼は、にこやかに輝いている。

「そこのお二人だよ」

顎髭の連れの男が、おりんと参次を指差して教えると、

「ありがとう」

笑みを浮かべて礼を言い、おなつと思しき女は、おりんと参次の間に湯呑の載ったお盆を置いた。

「ごゆっくり」

そう言って店の中に戻りかけると、

「おなつちゃん、ご亭主の加減はどうなんだい」

顎髭の人足から声が掛かった。

「起き上がれるようにはなったけど、野良仕事はまだ無理だよ。でも、ほら、縁に座って、草鞋は編めるようになったから、ここにおいてもらってるんだ」

おなつと呼ばれた女は、茶店の軒下にぶら下がっている草鞋を軽く叩いて揺らした。

「ご亭主が元気になったはいいんだけど、野良仕事一つに絞りたいからって、代わりが見つかったら、おなつちゃんはここをやめることになってね」

老婆はため息混じりでそういうと、空いた器を店の中に運んで行った。

「野良仕事とここじゃ、きついのかい」

「体がもう一つ欲しいくらいだよ」

おなつは、努めて明るく振る舞った。

「富くじにでも当たったら、おれの馬を野良仕事に貸してやってもいいんだがよ」

横鉢巻をした馬子と思しき男はそういうと、腕を組んでしきりに首を捻る。

「おなつちゃんが店に来なくなったら、おれはもうここには来ねぇぞ」

顎髭の男が声を張り上げると、

「おい安《やす》っ、そんなことしたら、おめぇたちの駕籠はここの前を通さねぇから覚悟してろ」

店の中から飛び出してきた老爺が、伝法な物言いをした。

「いや、おれはさぁ、おなつちゃんがいなくなるのが、それくらい寂しいって、そう言いたいんだよ」

　顎鬚の男が言い訳をすると、

「そう思ってんのは、おめぇだけじゃねぇよっ」

「そうそう」

　横鉢巻の男や顎鬚の連れからも声が上がった。

「さて、もう一仕事だ」

　顎鬚の男が銭を置いて立ち上がると、他の人足や馬子たちもてんでに銭を置き、声を掛けて茶店を後にして行った。

「ありがとう。気を付けて」

　おなつは、縁台に置かれた銭を集めながら、仕事に向かう男たちに声を掛ける。

「妹のおなつさんだね」

　おりんが小声で尋ねると、参次の藤笠が小さく縦に動いた。

「声を掛けてみるかい」

　その問いかけに、参次は少し迷った末に藤笠を横に動かし、

「おれが、日陰で生きていることを知っているとすれば、合わす顔がねぇ」

　声を掠れさせた。

「勘定を」

「はい。お茶二つで八文（約二百円）です」

返事をしたおなつが、藤笠を被ったままの参次の傍に立った。

参次は、おなつの手を取って八文を握らせると、腰を上げた。

おりんもすぐに腰を上げると、

「ありがとうございます」

おなつの明るい声を背に受けて、おりんと参次は茶店を後にした。

川越街道から中山道に戻ると、道の西側に家並の影が延びていた。

「どけどけどけっ」

男たちの喚《わめ》く声が通りに響き渡った途端、腕を摑《つか》まれて引き戻されたおりんは、参次の胸に背を預ける恰好になった。

その眼の前を、数人がかりで走って来た荷車が、怒号と轟音《ごうおん》を響かせて駆け抜けて行く。

「ありがとう」

おりんは参次から体を離すとすぐ、礼を口にした。

「いや」

素っ気なく返事をした参次は、夕暮れ間近の空を仰ぐと、

「しかし、達者でよかったよ」

しみじみと呟いた。

その声には、十年という年月を経て身内に会えた、兄の実感が籠っていた。

「参次さん、これからどうするつもりさ」

その声に、目明かしとして問い質《ただ》すような響きはなかった。

「おれは今日、このまま板橋に残りたいが、いいかい」

参次の言葉に返事を躊躇っていると、

「茶店を出たおなつのあとを付けて、どんな家でどんな暮らしをしているのか、この眼でそっと、見届けたいんだよ。そして明日には、堀留に顔を出すつもりだよ」

淡々と口にした参次が、おりんに微笑《ほほえ》みを向けた。

おりんは、黙って頷いた。

五

あと三日もすれば六月二十七日となり、相模国《さがみのくに》にある大山《おおやま》の山開きを迎える時節となった。

本来、大山阿夫利神社《あふりじんじゃ》は雨乞《あまご》いの神を祀《まつ》ってあるのだが、江戸から大山詣でに行く男どものお目当ては、帰りに立ち寄る江島《えのしま》などでの遊興であった。

幼馴染みのお紋から、暑さ避《よ》けに王子《おうじ》の滝浴《たきあ》みや不忍池《しのばずのいけ》の蓮《はす》を見に行こうと誘われているのだが、板橋から帰ってからのおりんは、それどころではなかった。

『明日には、堀留に顔を出すつもりだよ』と言っていた参次は、翌二十二日は姿を現さなかった。

板橋から戻った翌日は生憎《あいにく》の雨で、ぬかるむ道中を避けて日延べをしたのかもしれないと思ったのだが、雨が上がって晴れ渡った昨日も、参次は姿を見せなかった。

三日が経った今日、強い日射しを浴びたおりんは、中山道を急ぎ、板橋へ向かっている。

今朝早く、いつもの通り八丁堀の磯部家に挨拶に赴いたのだが、同心の金三郎は御用の筋で、すでに役宅を後にしていた。

一旦堀留に戻ったものの、いつ現れるか分からない参次を待つのに焦《じ》れたおりんは、急ぎ身支度を整え、四つの鐘を聞くのと同時に『駕籠清』を飛び出したのである。

本郷通《ほんごうどおり》にある水戸中納言《みとちゅうなごん》家中屋敷前の駒込追分《こまごめおいわけ》で中山道に足を向けたおりんは、巣鴨を過ぎ、加賀前田家の下屋敷を右手に見ながら、下板橋平尾宿の通りを仲宿方向へ向かっていた。

東光寺門前に差し掛かったとき、おりんは突然向きを変え、川越街道へと入り込んだ。

老夫婦が営んでいた茶店を覗《のぞ》いて、おなつの様子を見てみようと思い立ったのである。

おなつが働いていた茶店は、昼時ということもあって、店の外の縁台は旅人やお遍路、街道を仕事場にしている車曳きや馬子たちで混み合い、十七、八くらいの小太りの娘が、茶や団子などを甲斐甲斐《かいがい》しく運んでいた。

おなつの姿は見当たらず、店先に立ったおりんが、このまま立ち去ろうかと迷っていると、先日見かけた横鉢巻の馬子が、握り飯を頬張りながら、縁台に隙間《すきま》を作ってくれた。

「ありがとう」

おりんは、菅笠に手をやって頭を下げると、

「今日は、おなつさんはいないようだね」

「うん。なんだかね、昨日から家に居なきゃならないことが持ち上がったらしいよ。だがね、亭主の具合がどうこうってことじゃないらしいからよかったよ」

馬子は、おりんの問いかけに明るく答えてくれた。

おなつの様子が分かっただけで良しとして、おりんは茶店を後にした。

あとは、宿場を歩き回って、参次がまだ板橋にいるかどうかを確かめなければならない。

仲宿の通りを北に向かい、乗蓮寺門前に差し掛かったところで、尻っ端折りをしたり、袖を捲り上げたりした男どもが十人ばかり、道の真ん中で二手に分かれて睨み合っているのが見えた。

両者が睨み合っているのは、車屋の『不知火屋』の表である。

建物を背にしている男どものうち、二人が着ている半纏《はんてん》の襟に『不知火屋』の染め抜きが見えた。その男どもには、褌一つの車曳きが三人ばかり付いているところから、博徒の親分に飼われている子分どもと車曳きに違いない。

「なにごとですか」

おりんは、『不知火屋』の二軒隣りにある桶屋から顔を出して、通りの成り行きを見ていた腹掛けの職人に声を掛けた。

「なぁに、『不知火屋』はいつも何かというと揉め事を起こすんだ」

そう切り出した職人は、板橋宿には博徒や香具師《やし》の元締など、裏の稼業でしのぎを削っている勢力が幾つかあり、隙あらばと、相手の縄張りを狙っているらしい。

——よく聞けよ。おれらが『不知火屋』の金を狙うほど難儀してるとでも思ってるのかよっ。

——お前らの賭場の上がりを狙うほど、おれらは落ちぶれちゃいねぇよ。

――なんだと。

睨み合っている両者から、なんのことか分からない怒号が飛び交う。

「『不知火屋』に押しかけて来たのは、板橋の香具師の元締、青不動《あおふどう》の勢三《せいぞう》の子分たちなんだが、さっきから両方のやり取りを聞いてると、どうもね、『不知火屋』に盗人《ぬすつと》が入って、賭場の上がりや車屋の上がりを持って行かれたようだね」

「へぇ」

おりんが声を上げると、

「『不知火屋』は昨日から宿場中に密かに子分を走らせて、性質の悪い遊び人やら破落戸《ごろつき》なんかを追いかけ回して、盗人捜しをしてたようだよ。そのうち、賭場の金を盗み取ったのは香具師の青不動の子分に違いないと言いふらした奴がいたらしく、怒った青不動の子分たちが、親分の孫次郎《まごじろう》を出せって、ここに押しかけて来てるようだな」

――盗人野郎、盗んだ五十両（約五百万円）を出せ。

――五十両なんざ、おれらにゃ端金《はしたがね》だ。

道の真ん中で睨み合う両者から、盗《と》られた金額まで飛び出した。

「こらぁ、天下の通り道で邪魔するんじゃねぇよ」

そんな声を張り上げたのは、空駕籠を担いで来た前棒《さきぼう》の男だった。

顎髭を蓄えた駕籠舁き人足は、先日、おなつと親し気に口を利いていた茶店の客だった。

「駕籠舁きの分際で、おれらに文句かよっ」

青不動の子分たちが、『不知火屋』への怒りを駕籠舁きに向けたかと思うと、『不知火屋』の子分とも入り混じり、顎髭の男を取り囲み、殴る蹴《け》るの暴挙に出た。

おりんの体が、思わず、通りの真ん中に向かって動いた。

動くと同時に袂に忍び込ませていた鉤縄を摑み出し、顎髭の男に襲い掛かっている博徒や香具師の子分たちに鉄の鉤を振り投げる。

「いてっ」

『不知火屋』の名入りの半纏を着た男の背中に鉤を当てるとすぐ、振り回した鉤縄を別の男の剝《む》き出しになった脚に絡めて、引きずり倒した。

仲間の異変に気付いた男どもが、鉤縄を振り回しているおりんの方に顔を向けた。

「女、なんのつもりだ」

『不知火屋』の男が、おりんに近づきながら、凄んだ。

「そこの駕籠舁き人足に、謝ってもらおうか」

「なにおっ」

凄んだ男が、眼を吊り上げた。

「ほっとけ」

そう言いながら、白地に緋鯉《ひごい》の図柄を染めた浴衣の男が、せり出した腹を揺らしながら『不知火屋』の中から出て来た。

「お前らも、青不動のあんた方も、いい加減にせんかい」

「しかし親分」

「青不動の親方には、おれがあとで挨拶に行くつもりだから、今日の所は退《ひ》いてくんな」

四十代半ばほどの、親分と呼ばれた男の申し出に、青不動側の男どもは軽く会釈して上宿の方へ引き上げて行く。

「そこの親分さん」

声を掛けると、家の中に向かいかけた親分が、初めておりんに気付いたように顔を向けた。

「誰だ」

「それが」

おりんに凄んだ男は、親分に耳打ちをした。

「ほっとけ」

薄笑いを浮かべた親分は、おりんを無視して家の方に向かう。

「親分さん、堅気の衆を痛めつけた子分に成り代わって、謝ってもらいたいんですがね」

おりんの声に振り向くと、

「おれは、人に謝ったことがねぇんだよ」

親分は、苛立《いらだ》ちを笑いで誤魔化した。

「だったら、いまここで、初めて謝ったらどうだい」

「いやだな」

親分の顔に、明らかに不快感が貼りついた。

「力ずくでも謝らせるが、それでもいいかい」

「ほほう、面白い。やってもらおうじゃねぇか」

親分は余裕を見せて、家の方へと向かいかけた。

鉤縄を一閃《いっせん》させたおりんが手を離すと、するすると細縄が伸びて親分の体に二回りも巻きつき、鉄の鉤が緋鯉の浴衣の合わせに引っ掛かった。

「なにしやがるっ！」

眼を吊り上げた親分がピンと張った細縄を摑んで、おりんを手元に引き寄せようとした。

その動きを読んだおりんが力まかせに細縄を引くと、足をもつれさせた親分が腹から地面に倒れ込んだ。

「まだ謝る気はおきませんかねぇ、親分」

おりんが大声を発すると、

「てめぇ！」

いきり立った『不知火屋』の子分たちは、懐に飲んでいた匕首《あいくち》を引き抜いておりんに迫る。

グギッ！

迫って来た子分の手首を、懐から素早く引き抜いた十手で叩くと、匕首が地面に転がった。

おりんの早業《はやわざ》を眼にして、子分たちの動きがぴたりと止まった。

「親分、これでも謝りませんか」

おりんが問いかけると、親分は倒れたまま、ウウウと無念の唸《うな》り声を洩らした。

「なにしてるんだよ、おりん」

聞き覚えのある声がして眼を向けると、宿役人と思しき人たちを引き連れた磯部金三郎が、羽織の裾を腰の上まで捲り上げて仁王立ちしていた。

おりんは、仲宿で遭遇した金三郎に誘われて平尾宿の自身番に同行した。

た。


「堀留の知り合いに、人捜しを頼まれまして」

板橋に来ていたわけを尋ねられたおりんは、咄嗟に嘘《うそ》を並べた。

「そう言えば、辰之助がそんなようなことを言っていたな」

そう呟いた金三郎に成果を聞かれたおりんは、痕跡《こんせき》さえ見つけられなかったと答えた。

用が済んだのなら少し付き合えと言われて、おりんは応じたのである。

「実はこっちで、昨日から面白いことがあってな」

自身番に着くなり、金三郎が口を開いた。

それによると、博徒の親分、孫次郎が営む車屋『不知火屋』に盗人が入り、車屋で稼いだ金と賭場で儲《もう》けた上がりの金を盗み取られたらしいと、先刻、おりんも耳にした件を口にしたのである。

「らしいというのは、親分の孫次郎がお上に届け出ないので、盗られた額も真偽も定かじゃないということなんだよ」

そういうと、金三郎は小さく笑った。

『不知火屋』の子分たちが昨日から右往左往していた上に、日ごろから睨み合っていた香具師や、他の博徒に探りを入れたことが周りに知れ渡り、『不知火屋』が金を盗み取られたという噂《うわさ》がまことしやかに広まったようだ。

「だが、おれが板橋に来たのは、そのことじゃねぇんだよ」

金三郎の言葉に、おりんは戸惑った。

「昨日、滝野川村の庄屋から、平尾宿の目明かしを通じて奉行所に知らせがあったもんだから、出張って来たんだよ」

金三郎はそういうと、

「この人が庄屋の治右衛門《じえもん》さんだ」

宿役人二人と並んで座っていた老爺を指し示した。

金三郎によると、滝野川村の百姓の女房が、怪我をして起き上がれない亭主に代わって、五十両という大金を拾ったと、庄屋に届け出たのだという。

怪我をした亭主という言葉に、おりんはすぐにおなつを思い浮かべた。

「拾ったというのは」

おりんが口を挟んだ。

「昨日の朝、亭主の二親と鍬《くわ》や籠《かご》をとりに納屋に入った所、積み上げた薪《まき》の上に、見覚えのない布包みがあったというのですよ。不審に思って包みを開くと、一両小判が五十枚、出て来たのだそうです」

穏やかな物言いをして、庄屋は小さく何度も頷いて見せた。

「しかしまぁ、黙って懐に入れておけば自分のものになった五十両を、届け出るとは感心なこったよ」

　金三郎が茶化すような物言いをすると、

「女房のおなつさんは、普段から裏表のない正直な人ですから」

　庄屋の口から出て来た名に、おりんは『やはり』と胸の内で叫ぶと、

「それで、届け出た五十両は、いったい、どうなりますので？」

　金三郎に、さりげなくお伺いを立てた。

「正直に届け出た女房には、半年後には、五十両全額ではないかも知れんが、かなりの額が下しおかれるはずだ」

　ついさっき茶化したことを反省したものか、金三郎はほんの少し、畏まった物言いをした。


　刻限は五つを四半刻ばかり過ぎた頃おいだが、堀江町二丁目界隈は料理屋や居酒屋の明かりなどで、表の通りを歩くのに苦労はなかった。

　だが、建物の陰になった『駕籠清』の庭は薄暗い。

　木戸門脇の藤棚の縁台に腰掛けていたおりんは、小さく吐息をついて腰を上げ、帳場に続く土間に足を踏み入れた。

　八方の明かりの灯る帳場には、知人の家の宴席に呼ばれて行ったお粂に代わって嘉

平治が着いていて、帳面を繰っていた。

土間を上がり、帳場の前に膝を揃えたおりんは、帯に差していた十手を引き抜いて床に置くと、

「お父っつぁん、この十手は返上するよ」

小さく頭を下げた。

帳面を繰る手を止めた嘉平治は、

「ほほう。お務めが嫌になったか」

ほんの少しの間を置いて、静かに投げかけた。

「あたしは、お上の御用を承っているのに、人の悪事を見逃してしまいました。そんなことでは、お上の御用は務まりません」

「話を聞こうじゃないか」

嘉平治の声は、依然として穏やかである。

おりんは、参次との再会から、妹の行先を追って板橋に足を延ばした顚末《てんまつ》を、事細かに打ち明けた。

「市松さんから、参次さんが掏りを働いたことを聞いたにも拘《かか》わらず、お縄にしないばかりか、人捜しの手伝いまでしてしまったんだよ」

おなつの家の納屋に五十両という金を置くために、参次は『不知火屋』から金を盗

み取ったのだと思われると口にして、おりんは俯《うつむ》いて唇を噛《か》み、

「参次さんの頼みを、心を鬼にして断らなかったんだ。あたしの十手が鈍ったばっかりに、罪を重ねさせてしまったも同然なんだよ」

そう吐き出した。

「なるほど」

小さく声に出すと、嘉平治はおりんの十手を摑んで眺め、

「おめぇは、参次の掏りを眼にしたのか」

「市松さんから、聞いただけだけど」

おりんは、嘉平治の問いかけにそう返答した。

「その場で、掏り取った物を手にした腕を押さえなくちゃ、掏りとは決めつけられねぇもんだよ。だからな、市松から聞いたからと言って、参次をお縄にすることは出来ねぇということさ」

淡々と話す嘉平治は、さらに、

「板橋で、参次が『不知火屋』から金を盗んだと、どうして決めつけるんだよ」

「だって、おなつさんの家の納屋に五十両を置いたのは」

「参次が置いたのを、おめぇは見たのか」

嘉平治が、おりんの言葉を断ち切った。

「見てはいないけど」

「思い込みだけじゃ、人を罪には問えねぇよなぁ。そもそも、金を盗み取られたということを、『不知火屋』はお上に届け出ているのか」

「届け出てはいないって、磯部様は」

「それじゃ、参次をお縄にするわけにはいくめぇ」

嘉平治のいうことに、おりんはただ黙るしかなかった。

「ただひとつはっきりしていることは、おなつちゃんは、あと半年もすれば、落し物の五十両全額か、半分かは分からねぇが、お上から頂戴《ちょうだい》出来るということだ」

そういうと、嘉平治は手にした十手をおりんに差し出し、

「これを、本当に、返上したいのか」

真顔で問いかけられた。

無論、返上したくはない。

ないが、このまま目明かしを務められるかという揺らぎがあった。

「あたしは、間違ってなかったのかい」

おりんは手を突いて、嘉平治を見た。

「おめぇは、自分の眼で見、自分の耳で聞いたことを信じて動くことだよ」

嘉平治は、おりんの問いかけに答えはせず、差し出していた十手を、さらにおりん

の方へと突き出した。

小さく頷くと、おりんは眼の前の十手を、両手で受け取った。

午前の日の射し込む二階の部屋の窓辺で、おりんは浴衣の袖を捲り上げている。

板橋から帰った昨日はなんともなかったが、さっき、左の二の腕に違和感があるので見てみると、肘《ひじ》の少し上の所がほんの少し赤くなっていた。

そこを触ると、微《かす》かに痛む。

あっ！　――おりんは胸の内で叫んだ。

板橋宿の通りを突っ走って来た荷車から護《まも》ろうとした参次が、おりんの腕を摑んだ時の指の痕跡に違いなかった。

「おりん、下りておいで」

階下からお粂の声がして、おりんは立ち上がった。

階段を下りると、お粂は帳場を離れ、長吉が立っている土間の近くで膝を揃えていた。

「来てたの」

「お店の用事でこの先に来た帰りさ」

長吉は、おりんに笑みを向けた。

「ほら、この前お前さんが会ったっていう参次が、長吉を訪ねて『宝珠堂』に現れたそうだよ」

「いつ」

おりんは、お粂が言い終わるやいなや、長吉に問いかけた。

「昨日来て、長旅に出るから、『駕籠清』の皆さんやおりんに宜《よろ》しくと言って立ち去ったんだよ」

長吉はそういうと、妹のおなつは滝野川の百姓の女房になっているそうだとも付け足した。

「それは惜しいことをしたね」

「お祖母ちゃん、それはどういうことさ」

長吉が訝るようにお粂を見た。

「妹のおなつちゃんは、いつもお前のあとにくっついていたから、好いていたと思ってたがね」

「そんなことはないと思うけどね。それよりも、参次だよ。おれは、おりんちゃんを嫁にするんだって、あいつ、よく言ってたからね」

長吉が口にしたことは、初耳だった。

「ま、冗談だろうけどね」

お条はあっさりそういうと、板張りに手を突いて、立ち上がった。

「それじゃ、おれはお店に戻るよ」

「あぁ。また顔をお出しよ」

お条は、表に出て行く長吉に声を掛けると、帳場に着いた。

「あたし、ちょっと」

誰にともなく口にしたおりんは、長吉の後を追って表に飛び出した。

「さっきのは、本当かい」

「え」

堀江町入堀の手前で足を止めた長吉が、振り向いた。

「ううん。なんでもない」

小さく笑って誤魔化した。参次が、おりんを嫁にと言っていたのは、本当だったのかどうかを確かめようと思ったのだ。

それじゃ、と軽く手を上げて去る長吉の姿が見えなくなると、おりんは辺りに眼を遣った。

どこからか、参次が見ているのではないかと思ったのだが、忙《せわ》しい人の往来があるだけだった。

おりんは、腕に赤く残っていた痕《あと》の辺りを、袖の上からそっとさすった。

※この作品はフィクションであり、登場する人物・団体・事件等は、すべて架空のものです。

小学館文庫
好評既刊

付添い屋・六平太
龍の巻 留め女

金子成人

ISBN978-4-09-406057-7

時は江戸・文政年間。秋月六平太は、信州十河藩の供番（駕籠を守るボディガード）を勤めていたが、十年前、藩の権力抗争に巻き込まれ、お役御免となり浪人となった。いまは裕福な商家の子女の芝居見物や行楽の付添い屋をして糊口をしのぐ日々だ。血のつながらない妹・佐和は、六平太の再仕官を夢見て、浅草元鳥越の自宅を守りながら、裁縫仕事で家計を支えている。相惚れで髪結いのおりきが住む音羽と元鳥越を行き来する六平太だが、付添い先で出会う武家の横暴や女を食い物にする悪党は許さない。立身流兵法が一閃、江戸の悪を斬る。時代劇の超大物脚本家、小説デビュー！

小学館文庫
好評既刊

付添い屋・六平太
虎の巻　あやかし娘

金子成人

ISBN978-4-09-406058-4

十一代将軍・家斉の治世も四十年続き、世の中の綱紀は乱れていた。浪人・秋月六平太は、裕福な商家の子女の花見や芝居見物に同行し、案内と警護を担う付添い屋で身を立てている。外出にかこつけて男との密会を繰り返すような、わがままな放題の娘たちのお守りに明け暮れる日々だ。血のつながらない妹・佐和をやっとのことで嫁に出したものの、ここのところ様子がおかしい。さらに、元許嫁の夫にあらぬ疑いをかけられて迷惑だ。降りかかる火の粉は、立身流兵法達人の腕と世渡りで振り払わねば仕方ない。日本一の人情時代劇、第２弾にして早くもクライマックス！

小学館文庫
好評既刊

脱藩さむらい

金子成人

ISBN978-4-09-406555-8

香坂又十郎は、石見国、浜岡藩城下に妻の万寿栄と暮らしている。奉行所の町廻り同心頭であり、斬首刑の執行も行っていた。浜岡藩は、海に恵まれた土地である。漁師の勘吉と釣りに出かけた又十郎は、外海の岩場で脇腹に刺し傷のある水主の死体を見つける。浜で検分を行っていると、組目付頭の滝井伝七郎が突然現れ、死体を持ち去ってしまった。義弟の兵藤数馬によると、死んだ水主の正体は公儀の密偵だという。後日、城内に呼ばれた又十郎は、謀反を企んで出奔した藩士を討ち取るよう命じられる。その藩士の名は兵藤数馬であった。大河時代小説シリーズ第1弾！

小学館文庫
好評既刊

脱藩さむらい
蜜柑の櫛

金子成人

ISBN978-4-09-406606-7

石見国浜岡藩奉行所の同心頭・香坂又十郎と妻・万寿栄の平穏な暮らしは、ある日を境に一変した。万寿栄の弟で勘定役の兵藤数馬が藩政の実権を握る一派の不正を暴くべく脱藩したのだ。藩命抗しえず、義弟を討った又十郎だが、それで、お役御免とはいかなかった。江戸屋敷の目付・嶋尾久作は又十郎を脱藩者と見なし、浜岡藩が表に出せない汚れ仕事を押し付けてくる。このままでは義弟が浮かばれない。数馬が最期に呟いた、下屋敷お蔵方の筧道三郎とは何者なのか。又十郎の孤独な闘いが続く。付添い屋・六平太シリーズの著者の新境地！大河時代小説シリーズ第２弾。

小学館文庫
好評既刊

看取り医　独庵

根津潤太郎

ISBN978-4-09-407003-3

浅草諏訪町で開業する独庵こと壬生玄宗は江戸で評判の名医。診療所を切り盛りする女中のすず、代診の弟子・市蔵ともども休む暇もない。医者の本分は患者に希望を与えることだと思い至った独庵は、いざとなれば、看取りも辞さない。そんな独庵に妙な往診依頼が舞い込む。材木問屋の主・徳右衛門が、なにかに憑りつかれたように薪割りを始めたという。早速、探索役の絵師・久米吉に調べさせたところ、思いもよらぬ仇討ち話が浮かび上がってくる。人びとの心に暖かな灯をともす、看取り医にして馬庭念流の遣い手・独庵が悪を一刀両断する痛快書き下ろし時代小説。

小学館文庫
好評既刊

姉上は麗しの名医

馳月基矢

ISBN978-4-09-406761-3

老師範の代わりに、少年たちへ剣を指南している瓜生清太郎は稽古の後、小間物問屋の息子・直二から「最近、犬がたくさん死んでる。たぶん毒を食べさせられた」と耳にする。一方、定廻り同心の藤代彦馬がいま携わっているのは、医者が毒を誤飲した死亡事件。その経緯から不審を覚えた彦馬は、腕の立つ女医者の真澄に知恵を借りるべく、清太郎の家にやって来た。真澄は、清太郎自慢の姉なのだ。薬絡みの事件に、「わたしも力になりたい」と、周りの制止も聞かず、ひとりで探索に乗り出す真澄。しかし、行方不明になって……。あぶない相棒が江戸の町で大暴れする！

小学館文庫
好評既刊

徒目付　情理の探索
純白の死

青木主水

ISBN978-4-09-406785-9

上司である公儀目付の影山平太郎から命を受けた、徒目付《かちめつけ》の望月丈ノ介は、さっそく相方の福原伊織へ報告するため、組屋敷へ向かった。二人一組で役目を遂行するのが徒目付なのだ。正義感にあふれ、剣術をよく遣う丈ノ介と、かたや身体は弱いが、推理と洞察の力は天下一品の伊織。ふたりは影山の「小普請《こぶしん》組前川左近の新番組頭への登用が内定した。ついては行状を調べよ」との言に、まずは聞き込みからはじめる。すぐに左近が文武両道の武士と知れたはいいが、双子の弟で、勘当された右近の存在を耳にし——。最後に、大どんでん返しが待ち受ける、本格派の捕物帳！

小学館文庫
好評既刊

万葉集歌解き譚 くさまくら

篠 綾子

ISBN978-4-09-407020-0

万葉集ゆかりの地、伊香保温泉への旅は、しづ子と母親の八重、手代の庄助に小僧の助松、それに女中のおせいの総勢五人。護衛役は陰陽師の末裔・葛木多陽人だ。無事到着した一行だったが、多陽人が別行動を願い出た。道中でなにか気になったものがあるらしい。しかし、約束の日時が過ぎても戻ってくる気配がない。八重の命で捜索に向かった庄助と助松の胸に、国境の藤ノ木の渡しの流れで目にした人形祓いが重くのしかかる。この烏川の上流になにかあるにちがいない。勇を鼓して川を遡り始めた二人が霞の中に見たものは——。「万葉集歌解き譚」シリーズ最新刊。

―――本書のプロフィール―――

本書は、小学館文庫のために書き下ろされた作品です。

小学館文庫

初手柄《はつてがら》　かぎ縄《なわ》おりん

著者　金子成人《かねこなりと》

二〇二一年八月十一日　初版第一刷発行

発行人　飯田昌宏
発行所　株式会社　小学館
〒一〇一-八〇〇一
東京都千代田区一ッ橋二-三-一
電話　編集〇三-三二三〇-五九五九
販売〇三-五二八一-三五五五
印刷所 ——— 中央精版印刷株式会社

この文庫の詳しい内容はインターネットで24時間ご覧になれます。
小学館公式ホームページ　https://www.shogakukan.co.jp

ISBN978-4-09-407045-3